진흙 쿠키를 굽는 시간

김신용
시집

백조

또 한 권의 시집을 묶는다.

시선집을 포함해서 열한 번째의 시집이다.

첫 시집을 낸 지 36년 만의 일이니 과작寡作일 수도 있고

다작多作이라면 다작일 수도 있겠다.

매번 시집을 출간할 때마다 느끼는 것이지만

이번 시집은 또 어떤 길을 걸어갈까, 하는 궁금증이다.

그러나 어떤 길을 걷든 자신의 운명이니 개의치 말자 하는 생각이다.

그저 물 위에 떨어진 빗방울이 만들어 내는 동심원을 닮은

작고 동그란 파문 같은 보폭을 가졌으면 좋겠다.

김신용

목차

4부

1부

거처 1

저기 봐! 절벽 바위틈에 뿌리를 내린 나무도 있지만, 그 나무의 가지에 뿌리를 내려 잎을 피우는 나무도 있네. 세상에! 하필이면 아슬아슬 절벽 바위틈에 뿌리를 내린 나무의 가지에 뿌리를 내려, 그 수분을 분양받아 살아가는 나무라니! 누구는 집세 한 푼 안 내고 무전취식을 하듯 살아가는 나무를 보며, 이제는 막장에 다다른 생의 또 다른 출구 전략처럼 쳐다보기도 하지만, 그래, 눈 뜨면 언제나 추운 겨울 숲이어서 나무들, 모두 옷을 벗는 나목의 세계여서 가만히 타인의 세계에 제 몸을 심는 기생寄生—, 혹은, 기생畸生—.

그 순간부터 다른 나무의 수분을 분양받아야 겨우 살아남는, 겨우 살아가는 듯한, 저 겨우살이들의 얼굴을 보고 있노라면, 내가 너고 네가 나일 것 같을 때

겨우살이, 다른 나무의 잎이 져야 자신의 존재가 드

러나는

  그렇게 슬픔까지 분양받아야 지상의 방 한 칸, 푸르
게 빛날 때

거처 2

말벌 집을 열어 보면 작은 방의 칸칸마다 부드럽고 연한 유백색의 피부를 가진 애벌레들이 누워 있다 이 애벌레들이 자라면서 호전적인, 굵고 날카로운 독침을 가진다는 사실이 믿어지지 않는다 꼭 웃는 얼굴로 농담을 하는 것 같다 등 뒤에 무기를 감추고 서로 악수를 하는 것 같다 흙으로 빚은 집이어서 비를 피해 주택가의 베란다 밑에도 둥그런 호박 덩이 같은 것을 매달아 놓았을, 말벌. 저 말벌들의 집—.

흙으로 구형球形의 집을 빚는 말벌들의 건축술도 놀랍지만, 그 속에 정교하게 엮어진 육각형의 방 칸칸마다 평화롭게 잠든 애벌레들. 그 애벌레들이 숨기고 있는 (치명적인!) 무기를 떠올리면 지금 숨 쉬고 있는 바람 공기 속에도 가시가 돋아 있을 것 같아, 날카롭게 침을 숨기고 있을 것 같아 순간, 숨이 멎어지는 느낌이다

저 부드럽고 연한 애벌레들의 등 뒤에 감추어져 있는 세계를 떠올리면—,

마치 밀랍처럼 빛나는 흙으로 빚어 너무도 평화로워 보이는

저 둥그런 말벌들의 집을 보면—.

열무

채 자라다 만 발육부진 같은, 시간이 거꾸로 흐른 것 같은, 태어나자마자 이미 늙은 것 같은 뿌리를 매달고 저기, 열무가 꽃을 피우고 서 있다. 그래, 세상은 너를 열무라고 부르지만, 너는 열등한 식물이 아니다. 너의 시계는 거꾸로 가지도 않는다. 너는 오직 네 뿌리만큼 작은 숨결을 가지고, 사계四季가 없는 너의 계절을 만든다. 부드러운 잎과 줄기는 여름 시골 장마당의 열무국수 같은, 그렇게 작은 세계를 꿈꿀 뿐이다. 너의 뿌리는 그런 작은 세계에 머물며, 작은 풀꽃들과 어울려 작은 풀꽃 같은 꽃을 피운다. 그것이 이 지구상에 태어난 너의 의미—. 오직 그것 하나로 뿌리 내려 작은 풀꽃 같은 꽃을 피우며 네가 선 땅을 밝힌다. 그래, 그것이 이 지상에 발을 디딘 이유—, 그러나 네 뿌리를 보면 안다. 그 발육 부진 같은 뿌리 속에 어떤 질긴 심이 들어 있는지, 네가 찰나의 섬광 같은 꽃을 피우기 위해 뿌리 속을 어떤 강인함으로 채워 놓았는지—. 그래, 어떤 눈물겨운 작은 숨결이 대지에 뿌리를 내려, 그렇게 백치 같은 환한 낮빛의 꽃을 피우고 있는지―.

열무꽃

열무꽃을 보는 것은 언제나 난감하다 열무는 꽃을 피우면 안 되는 식물이기 때문이다 열무가 꽃을 피우면 뿌리와 줄기가 질겨진다 질겨진 뿌리와 잎은 사람이 먹지 못하게 된다 그러나 열무가 꽃을 피우기 위해 줄기와 뿌리에 질긴 심을 채우는 것은 태어나자마자 이미 늙은 것 같은, 조로증 환자 같은, 그 뿌리가 더 늙기 전에 꽃을 피우려는 모태의 강렬한 욕망 같은 것이어서 사람은 꽃이 피기 전에 열무를 수확해야 하지만, 열무는 더 늦기 전에 꽃을 피워 씨앗을 영글게 하는 것이 필생의 업이어서 열무가, 꽃을 피우고 서 있는 것을 보는 일은 언제나 난감하다 가녀린 줄기 위에 자신의 한 철 짧은 생을 마비시킨 듯, 질긴 심을 채우는

열무의, 그 눈물겨운 뿌리를 보는 것은—

미나리

　미나리는 아무 곳에서나 잘 자란다. 젖은 물기만 있으면 맨땅에서도 뿌리를 내린다. 두어 뼘 자라 오른 밑줄기를 잘라 주면 잘린 자리, 또 잎이 돋아난다. 이 복수형複數形의 줄기는 제철이 없다. 꽝꽝 언 얼음장 밑에서도 뿌리들은 눈 뜨고 있다. 이 끈질긴 뿌리는 끊임없는 자기 복제의 유전자를 가지고 있다. 자라 오른 줄기의 밑동이 잘리면 죽은 듯이 누워 있다가도 어느새 파르라니 푸른 싹을 틔우고 있다.

　이 미나리들은 푸르다. 젖은 숨결만 있으면 어느 곳에서든 눈을 뜬다. 하천 바닥의 오염된 탁한 물에서도 푸르게 눈을 뜬다. 마치 밟을수록 더 튼튼하게 자라는 보리처럼 오염되고 더러워진 물이 도리어 답청踏靑이 되는 미나리들

　치마 둥둥 걷고 흐르는 물에 빨래를 하는 싱싱한

종아리들 같다고 해야 하나? 아니면, 팔뚝의 근육을
뽐내며 무거운 짐을 져 나르는 부두의 하역 노동자를
닮았다고 해야 하나?

그러나 이런 익살이 푸를수록 탁한 하천의 물은 맑
아진다.
각박하고 암울한 현실을 맑게 걸러 내는 상상력처럼

권선징악이 아니라, 서로 어울려 사는 이들의 숨결이
듯―.

매미 허물

놀라워라, 저토록 정교한 생명 주조의 틀이라니! 거푸집이라니!

풀잎에 매미가 벗어 둔 허물이 자신도 하나의 생명체인 듯 붙어 있다

자신의 몸속에 담고 있던 것과 똑같은 모습으로 붙어 있다

그래, 세상의 어떤 허물이 제 몸을 빠져나간 것과 저리 닮은꼴일 수 있는지

저 허물이 한때 생명체를 담았던 틀이 아니라 거푸집이 아니라

이 지구상에 생명을 탄생시키는 생명 그 자체라는

듯 풀잎에 붙어 있다

 몸속에 자신과 똑같은 또 하나의 자신을 담기 위해
오랜 세월

 땅 밑 보이지 않는 곳에서 힘겹게 구축했을 또 하나
의 생의 주형틀—.

 그렇게 새로운 생을 살아갈 생명과 하나의 것인, 이
껍질의 생—.

 그 생이 부르는 노래를 위해 노래의 유전자를 잉태하
기 위해

 정교하게 축조된 주형틀에 그렇게 우화翔化의 생을 담
았던, 저 매미 허물—.

이제 자신은 허물로 남겨 두고, 새로운 세계에서 새롭게 살아갈

　또 하나의 자신을 땀 흘려 건축하고, 이제 텅 빈 껍질만 남았으면서도

　놀라워라, 그것도 하나의 생명체인 듯 완강하게 숲의 풀잎에 붙어 있다

칸나

거기, 칸나가 있었다.
발아래, 까마득히 내려다보이는 발아래
여름 화단이 있었고 거기, 칸나가 피어 있었다.
칸나, 여름의 꽃 칸나—, 눈을 찌르는 붉은빛의 칸
나—.
현기증이 일었고, 투명한 유리의 벽이 물컹한 액체처
럼 느껴졌었다.
순간, 폭발하던 칸나, 칸나의 붉은 꽃, 꽃의 뇌수—,
—까마득한 공중에서 추락해 붉게 터져 나오는 뇌수
호르무즈 해협의, 보이지 않는 강철 물고기에 의해
폭발하는 섬광 같았다. 여름의 화단에 붉게 피어 있던
칸나, 칸나의 붉은 꽃, 그 꽃의 뇌수는—.
그런 여름이었고, 콜타르처럼 끈적하게 땀이 달라붙
는 여름이었고
호르무즈 해협을 건너온 강철 물고기가 건물 벽에 부
딪힌 듯

유리는 햇살을 튕겨 냈고, 조금씩 하강할수록 더욱 크고

붉게 투신해 오던 칸나의 붉은 꽃―, 꽃의 뇌수―.

이것이 칸나를 본 그 여름의 기억이라면, 그래, 꽃의 뇌수―,

내가 한 가닥 밧줄에 의지해 고층 건물의 외벽에 매달려

유리를 닦고 있을 때,

문득 아래를 내려다보았을 때, 그 꽃도

대지의 한 가닥 밧줄에 매달려 있는 삶의 얼굴인 것처럼

생의, 마지막 뇌관에 불을 붙인

자폭의, 아름다움인 것처럼

귀환 회로

돌아오지 못한다는 것은 부재不在에 자신을 지우는
일이어서
생체 지도는 만들어진다. 몸속에 무의식 속에
지워지지 않는 문신이듯 새겨진다.
이 생체 지도는 중력마저 거스르는 회로를 가진다.
그것으로 없는, 공중의 길을 만든다.
그러므로 날개는 깊게 패인 공중의 발자국이다.
꽃이 지고 눈이 내려도 발자국은 지워지지 않는다.
지워지기는커녕 내면에 세밀화처럼 더욱 정교하게 각
인된다.
보라, 올해도 어김없이 돌아온 제비들이 낮게 마을을
들판을 비행하고 있다. 유선형의, 까만 등과 활짝 편
날개는
바람의 길을 여는데 최적화된 몸짓이다.
그 날개로 3천km 바깥에서 없는, 공중의 길을 걸어와
날렵하게 유희 같은 비행을 하고 있다.

내면의 무의식에까지 입력되어 있는 생체 지도의
DNA—,
  타인에게 이르는 길도 그만큼 멀고 험난하겠지만
  이 생체 지도에는 강과 들판과 마을의 숲길까지 그
려져 있어
  태양의 흑점이 폭발해 일으키는 전파 교란 현상도
흩트리지 못한다.
  어쩌면 태풍에 휩쓸려 잠시 길을 잃을 수도 있겠지만
  저 생체 지도에는 자신이 머무를 곳이 정확하게 기
록되어 있다.
  저기 보라, 올봄도 멀리 3천km 밖에서 날아온
  날개들이 날렵하게 물을 차며 공중을 마치 곡예처
럼 비행하고 있다.

  다시, 그대에게 이르는 몸짓이다.

목괴의 시

　무릎 다 닳은, 목괴가 다 된 늙은 사과나무에 사과가
열렸다
　오랜 풍상에 가지 삭아 내려앉고 뭉툭하게 변한 등걸
에는
　검버섯 같은 지의류들이 집을 지었는데, 그 등걸에
　겨우 한 가닥 남은 가지에 사과가 열렸다 발갛게 익
은 사과.
　뭉툭한 목괴처럼 변한 등걸로도 바람과 햇빛을 호흡
했는지
　탐스럽게 익은 사과, 얼른 따서 한 입 베어 먹고 싶지만
　다가가는 손을 주춤거리게 하는 머뭇대게 하는,
　그냥 오래오래 공중의 가지에 매달아 두고 싶은―.
　이제 무릎 다 닳아 늙어 고목이 된 나무의 한 가닥
남은 가지가
　어떻게 저 빛깔 고운 사과를 익게 했을까?
　눈길 거두지 못하게 하는―. 그러나 고목이 된 나무가

마지막 안간힘으로 매달아 놓은 것 같기도 해

안쓰러운 눈길로 쳐다보게도 하지만,

그래, 가만히 눈 감으면 보인다. 아직도 "걷고 있는 사람"처럼

목괴가 다 된 나무의 뭉툭하게 변한 등걸이

끈질기게 뻗고 있는 뿌리가―. 아직 살아

뜨겁게 땀 흘리며 야윈 두 다리 힘줄 버팅기고 있는 뿌리가―.

이제는 가지들도 삭아 내려 전신에 검버섯 같은 지의류에 덮였어도

일생의, 그 혼신의 힘으로 밀어 올린 사과 하나―.

아직도 "걷고 있는 사람"의 눈빛 같은, 발갛게 익은 사과 하나―.

멸치의 시

이상하다? 자꾸만 멸치가 떠오르는 겨울 새벽이다.
이 겨울, 보일러의 유관油管에서 줄어드는
기름의 눈금만큼이나 졸아드는 몸 웅크리고
백지에 '멸치'라고 써 놓고, 새벽의 책상 앞에 앉아 있다
차라리 제목이 '해마海馬'라면 좀 의젓한 느낌이 들 텐데
아내가 시장에서 사 온 마른 멸치 봉지에서 발견된
해마라면
마당 가의 돌에서 삼엽충 화석이라도 본 듯한 눈빛을
띨 텐데
보일러가 가동되는 소리에 마음을 졸이면서도
내린 눈이 얼어붙어 빙판이 된 새벽 창밖의 들판을
바라보듯
백지를 내려다보고 있다. 그러다 문득
'그물로 한꺼번에 멸치를 잡는 세월'이라는 첫 줄을
써 놓고 나니,
그 문장이, 행의 낱말들이 마치 백지의 바다에 표류

하는

멸치들처럼 보인다. 그래, 그물에 한꺼번에 잡혀 올라와

몸에 물기 하나 없이 바싹 말라 버린 멸치들이 대체

무슨 의미가 있나?

그러나 그 멸치 한 줌을 된장찌개에 넣고 끓이면 구수한

저녁의 냄새가 풍겨 나오듯, 이 시도 그렇게 쓰면

눈가가 아릿하지만 정겹고 따뜻한

그런 저녁의 풍경이 스며 나오지 않을까? 싶어져

졸아드는 기름 바다에서 표류하던 멸치 한 마리가 반

짝 눈을 뜬다.

몸속에 용의 모습을 간직한 해마는 아니지만, 은빛

비늘 반짝이는

작은 멸치 한 마리가 볼펜 끝에서 푸른 지느러미를

흔들며—

배추

여기, 무거운 해머를 들고 두꺼운 철판을 오므렸다 펴
곤 하는

사람이 있네. 몸은 열두 겹의 치마를 겹쳐 입은

허리통처럼 보이지만, 하루 종일 쇳물을 녹이는

용광로와 망치질 소리를 가지고 있네.

그 생은, 한 겹 철판을 펴면 또 한 겹의 철판이 앞에
놓이지만,

그런 무수한 반복의 망치질 소리로 이루어져 있지만,

누구도 얼굴을 찡그리거나 투덜대는 소리를

들어 본 사람이 없네. 무슨 묵언수행이듯 묵묵히

그저 묵묵히, 무거운 망치질을 할 뿐이네.

때로는 그 묵언이 두꺼운 철판처럼 얼굴을 가리지만,

한 겹 벗기면 또 한 겹 대체 어느 것이 자신의 얼굴인
지 모르도록

열두 겹 치마폭 같은 묵묵한 표정으로 얼굴을 가리
고 있지만,

그는 커다란 구름 덩이에서 가느다란 비를 내린 적이
없네.

조그만 구름 통에서 넘치도록 물을 찰랑거리지도 않네.

자신을 두른 열두 겹의 치마폭이 온새미로 자신의 생
이듯

한 겹 열고 들어가면 또 한 겹의 얼굴을 가지고 있는
사람,

그 열두 겹의 치마폭에 싸인 듯 묵언의 문을 열면

마지막 가지고 있는 것도 온새미로 한 잎이어서,

그 마지막 한 잎을 위해 쇳물 펄펄 끓는 철공장에서

무거운 해머로 두꺼운 철판을 오므렸다 펴는 사람

여기, 그렇게 묵언의 망치질 소리로 이루어진 한 생
이 있네

무수한 반복의 망치질 소리에 가려, 누구도 맨 얼굴
을 본 적이 없지만

변산 기억

　수만 권의 책을 쌓아 놓은 듯한 바위 벼랑이 있다기
에 찾아간
　변산 바닷가, 외롭고 높고 쓸쓸해서 더 눈길 가는 것은
　방파제 위에 차려 놓은 노점 좌판들이어서,
　소라 전복 따위를 즉석에서 회로 파는 좌판 앞에 쪼
그리고 앉았다.
　소주 한 잔에 썰어 주는 소라 살점을 초고추장에 찍
으며
　바라본 서해 바다는 그저 망망한 무심으로 일렁이는
　물결이었지만, 수만 권의 장서가 쌓인 바위 벼랑은
　속을 펼쳐 볼 수 없는 답답함의 첩첩이어서
　소주 한 잔으로 씻어 낼 수 없는 궁금증만 더했지만,
　이것이 물의 언어로 조탁된 바위 책의 내력이겠거니
여기며
　방파제 끝으로 자리를 옮겼는데, 오랜 세월
　무수한 파도의 펜들이 기록해 놓았을

밀봉된 책의 내용이야 읽어 볼 수 없겠지만,

거기 끼룩대는 갈매기 울음소리며 쌓인 수만 권의

장서를 올려다보며 놀라 경이로워 하는 표정들이며

그 모든 눈빛이며 호흡들이 스며들어 있겠거니 생각
하니,

소주 한 잔의 흐릿해진 머릿속은 어느새 저녁노을에
젖어,

해식애海蝕崖—, 수억 년을 밀려온 파도와

비와 바람이 제본해 놓았을 책의 장정에도 노을빛이
젖어 들어

황금 가지를 새기지만, 그 황금 가지의 내력에도

찾아오는 관광객들 앞에 쪼그리고 앉은 노점 좌판의
억척스러움만 더해져

그냥 슬며시 저녁의 밀물에 생각 지우고 돌아섰던

그래, 벌써 저녁의 밀물 때인데도 가설 전등의 불빛

을 밝히는

　꺼지지 않는 눈빛들만, 오독誤讀처럼 밀봉한 채

수박

참 억척스럽게도 일한다 수박, 넝쿨넝쿨 줄기차게 뻗어 나면서 허리 통증 무릎 관절 마디마디 삐걱이면서 새벽부터 해 질 녘까지 쉬임 없이 일하는 것이 살아 있는 징표이듯 그 징표가 있으므로 이 하루도 무사히 지나가는 듯이 수박, 잠깐 앉았다 일어나면서도 아구구 자신도 모르게 비명을 내뱉으면서도 그 신음을 전신에 파스처럼 붙이면서도 넝쿨은 뻗어 나간다 한 덩이 둥그런 수박을 매달기 위해 잘 익은 한 덩이의 일생을 익히기 위해 수박, 모종 때부터 수확 때까지 한 차 가득 잘 익은 수박을 싣고 공판장 출하 때까지 쉬지 않고 일한다 그렇게 일의 넝쿨넝쿨 뻗는 것이 둥그런 하루의 완성인 것처럼 제 손으로 아이 낳고 탯줄 자르는 것처럼 수박, 오늘도 이 하루의 수확을 위해 넝쿨은 뻗는다 뻗어 나간다

그 수박 한 덩이 앞에 놓고 냇가에 앉아, 속살 한 입

베어 문다

탁족의 청량감이 전신을 훑고 지나간다

채집

　강원도 산골 석청 채집꾼 김 씨, 힘들게 산을 올라 절벽 바위틈에 숨겨져 있는 석청을 발견해도 그것을 반만 들고 온다. 나머지는 벌들의 식량으로 남겨 둔다. 사람들이 왜 그렇게 미련하냐며 핀잔을 주면 그는 웃으며 말한다. 벌들도 먹을 게 있어야 내년에 또 우리에게 꿀을 나눠 줄 거 아녀— 내 욕심 차리자고 꿀 다 들어내면 그게 도둑이지 산 마음이여? 그는 다시 웃는다. 그 꿀 다 들어내고 벌들의 식량으로 설탕을 넣어 놓는 몹쓸 짓을 하면 안 돼야— 벌이 파리가 되면 어쩌려구 그려—. 그런 김 씨, 오늘도 부지런히 산의 절벽을 오른다 벌의 꿀을 얻으려면 이 정도의 수고쯤은 지불해야 한다는 듯이. 저 벌들 좀 봐—, 꿀 한 방울 만들기 위해 몇 천 번의 날갯짓을 해야 하는지— 강원도 산골 오지의 석청 채집꾼 김 씨, 그는 그렇게 험한 산을 오른다

그것이 벌들이 만든 꿀을 가져오는 것에 대한 보답이
라는 듯이

수정

오매―, 이것들 시집 장가보내다가 내 허리 부러지
겠네!

그래, 지금은 수정受精의 시간, 수박꽃 혼례 시키는
시간
　물론 혼인 예식장은 수박을 키우는 비닐하우스,
　오늘 치러야 할 예식은 비닐하우스 다섯 동棟,
　하객은 비닐하우스 안의 온실 효과에 의해 저절로
흐르는 땀방울들,
　그렇게 사람이 벌과 나비의 역할을 대신해야 하는,
대역代役의 시간―.
　나비가 꽃에 착신할 때 날개를 접듯이 오로지 쪼그
리고 앉는
　메소드 연기로 사람이 벌과 나비가 돼야 하는 시
간―,
　이 연기演技는 이미 오래전부터의 일. 지구상에

살충제가 나타났을 때부터의 일, 이 시간제 아르바이트는

시간당 최저 임금으로 마치 요가를 하듯 하루 종일

쪼그리고 앉아 있어야 한다는 조건이지만, 그런 비닐하우스 안은

지금 온통 초록 밀물 때여서, 그 초록 사태 속

수박꽃 피어 봐라, 또 초록 동색에 홍일점이어서

수박꽃―, 그 가늘고 여린 꽃대가 건드리면 톡 부러질 듯 아슬아슬해

조심스레 쪼그리고 앉아 노란 화분 잔뜩 머금은 수꽃을 따

암꽃에 비벼 줄 때면, 마치 마비이듯 쪼그리고 앉은 무릎부터

뻐근한 통증이 밀려오지만, 그렇게 수정의 꽃가루 엷게 분 바르고

부끄러운 듯 얼굴 내민 수박 임부姙婦들을 보면

41

온종일 쪼그리고 앉은 아랫도리부터 또 초록 밀물
이 차올라서

  오매―, 이것들 시집 장가보내다가 내 허리 부러지
겠네!

  아낙들 또 비명을 지르지만, 그렇게 둥그렇게 부풀
어 오르는 수박을 보면

  사방팔방 뻗어 나는 넝쿨들의, 지울 수 없는 꿈들처
럼 보여

  그래, 수정이 수정修正 같은, 지금은 메소드 연기의
시간―.

2부

의자 1

의자는, 뿔을 가졌다

고집스런 두 개의 뿔을 가졌다

말뚝에 매어 있지 않은데도 말뚝에 매인 듯

그 자리를 떠날 줄을 모른다. 누군가를 기다리듯

오지 않는 누군가를 기다리듯 온종일 그 자리를 맴

돈다

무거운 엉덩이에 짓눌리면서도 일생 동안

무게의 하중荷重을 안간힘으로 버티면서도

얼굴 한 번 찡그리지 않는, 저 의자는—

때로는 비의 가시에 전신을 적시면서도

관절 마디마디 삐걱거림으로 목욕을 하면서도

고집스런 두 개의 뿔을 가진, 저 의자는—

의자 2

오랜 세월, 부두의 하역 작업에 짓눌려
자라처럼 구부정해진 목을 봅니다.
마치 중력처럼 짓누르는 수직의 무거움을 이기기 위해,
의자처럼 굴곡이 진 저 목의 곡선—.
목 뒷덜미에서 어깨를 짓누르는 짐의 무게를
두 다리로 버팅일 때 나타나는 변형된 목입니다.
차라리 머리에 인, 우주라고 해야 할까요?
허공이라 해야 할까요? 저 의자에 엉덩이를 내려놓는
것은—.
어쩌면 지각 변동 같은 인체의 이상 진화라고 말할
수도 있겠지만,
나는 목에서부터 척추를 타고 흘러내리는 무게를
전신으로 분산시키기 위해 두 다리를 버팅일 때 나타
나는
의자라고, 이미 말했습니다. 만약 그렇지 않은 경우
당신은 단지 움푹 패인 웅덩이를 볼 뿐입니다

어느 날, 갑자기 푹 꺼진 의문의, 싱크홀 같은—.

거품은 빛난다 1

〈거품의 집〉

거품은, 자신이 거품인 것을 알고 있을까?

거품은 부풀어 오를수록 빛난다

속이 텅 비었는데도 거품 속에는 거품 밖에 들어 있지 않은데도 마치 구름 속을 거닐 듯이 빛난다 공중 정원처럼 빛난다 그 구름의 공중 정원을 거닐고 있는 동안 발목이 지워지고 무릎이 지워지고 끝내 몸뚱이마저 지워져도 사상누각은 빛난다 찰나의 한 순간일 뿐인데도 찰나의 한 순간이어서 더 황홀하게 빛난다

그 거품의 숲은 늘 안개에 젖어 있다 안개는, 거품을 피어오르게 하는 살의 비누, 아무런 의미 없이 떨어지는 물 한 방울은 없듯이 거품 하나에도 존재의 미세한

떨림이 있다는 듯이 세계의 빈 공간에 채워지는, 그 백색의 음暗―. 스스로 자가 격리되는, 이 공복―. 사람과 사람 사이는 그만큼 멀어지고, 타인은 철저히 타인이 된다

이 공복의 빈 공간에 채워지는, 무채색의 백색 소음―, 안개, 안개의 숲은 그렇게 부풀어 오르고, 거품의 집들은 팽창한다

그렇게 안개의 숲에서 부풀어 오르는 집, 거품의 집들. 마치 튤립 버블처럼, 사람의 발목을 지우고 무릎이 지우고 끝내 얼굴마저 지우지만, 오늘도 아름다운 튤립의 꽃처럼 피어오르는 거품, 거품들―. 공복의 빈 공간에 마치 개기 월식의 금환식처럼 겹쳐지는 얼굴, 얼굴들―. 거품의 얼굴들―.

그래, 거품은 자신이 거품인 것을 알고 있을까?

부풀어 오를수록 빛나는, 저 거품들은

거품은 빛난다 2

〈거품의 눈〉

그래, 거품은 하나씩의 눈을 가지고 있다.

부풀어 오르는 거품마다, 하나씩의 눈을 가지고 있다.

그 거품의 눈은 늘 가시권 밖에서 빛난다.

너머는, 언제나 거품의 등뼈—.

그 등뼈들은, 우리들의 상상력 바깥에서 직립한다.

눈 하나마다 무수한 겹눈을 가진 거품의 눈, 그 다면
체의 복안複眼들—.

아무런 복안腹案도 없이 바라보는 눈들은, 눈부시다.

그 다면체의 배후에 떠오르는 세계는, 텅 비어 있으므로 더욱 빛난다.

그렇게 아무런 복안複眼, 혹은 복안腹案도 없이 바라보는

무채색의 눈들에게 자연사 박물관의 거대한 철골 구조물들로 조립된

공룡의 뼈처럼 부풀어 오른 거품은, 오늘도 속삭인다

그래, 너도 거품이지?

거품의 눈이지?

거품은 빛난다 3

〈버블 튤립〉

버블 튤립은, 존재의 거품 현상―. 사람의 몸이 하나
의 물질이었을 때 거기, 피어오르던 거품은 인간 최초의
생존 욕구, 동굴 속에 모닥불을 피워 놓고 사냥해 온 동
물의 살을 뜯으면서도, 그 뼈로, 동굴의 벽에 희생된 동
물의 형상을 새김으로써, 그 동물들의 영혼을 위무했다.
이것이 희생제의―, 인류 최초의 아름다운 버블 튤립―.

보이지 않는, 이 거품의 꽃은 이렇게 타자를 끌어안음
으로써 아름다운 하나의 꽃의 실체를 얻었다. 버블 튤
립은, 그 공기의 꽃―.

잎과 뿌리는 보이지 않는 공기로 이루어져 있지만 호
흡할 때마다 숨결처럼 맥박처럼 스며들던, 꽃―. 심장
깊숙이 뿌리박힌, 비록 빛깔도 형태도 없지만

그렇게 맑고 투명한 공기의 숨결로 피어오르던, 꽃—.

진흙쿠키를 굽는 시간 1

지상에 더 이상 빵조각 하나 떨어져 있지 않을 때
열매를 매단 풀 한 포기 나무 한 그루 보이지 않을 때
땅속에서 사람이 먹을 수 있는 흙을 발견한다는 것은
얼마나 지혜로운 일인지
그 흙을 불에 구워 진흙의 쿠키로 만든다는 것은ㅡ.
불이 이렇게 인간을 지혜롭게 만들었다는 것은 진화론
의 관점만이 아니어서
자신의 간을 독수리에게 쪼아 먹히고 있는, 그 신화의
의미만이 아니어서
인간의 위가 때론 쇄석기 같은 역할을 할 수 있다는
불가지론의 표본 같은, 저 진흙쿠키ㅡ.

그래, 초원의 발톱들은 생살을 그냥 찢는다.
그 무엇도 불에 굽거나 익히지 않는다. 오직 인간만이
불에 날것을 익힌다

보라, 흙도 저렇게 불에 구우니
달콤한 초콜릿 같은 비스킷 같은, 진흙의 쿠키가 되지
않는가

그렇다. 아직도 자신의 간을 송두리째 독수리에게 쪼
아 먹히고 있는 인간이 있다

쪼아 먹히면 또 돋아나는 간, 그 간을 쪼아 먹으며
자신의 간을 자신이 쪼아 먹으며, 불에 진흙의 쿠키
를 굽고 있는 시간

마치 모든 것을 향수의 유혹적인 빛깔을 띠게 하는,
저녁의 노을에 감전된 것처럼

아직도 위가 쇄석기로 만들어진 듯, 흙으로 빚은 몸
속에 흙의 피가 돌고 있다는 듯

붉은 기억의 지평선 위에 달이, 불에 구운 진흙의 쿠키
처럼 떠오를 때

그 달이, 갈비뼈만 앙상한 시간의 몸에 발톱을 얹을 때

진흙쿠키를 굽는 시간 2

　역사는 밤에 이루어진다고 하지만, 틀렸다. 역사는
낮에 이루어진다

　마당에서 닭들이 모이를 쪼고 있을 때, 풀밭에서 염
소들이 풀을 뜯고 있을 때

　모든 거래는 이루어진다. 도대체 이것들은 숨겨지는
것이 아니므로

　유사 이래 하늘 아래 도무지 새로운 것이 없으므로

　역사는 뻔뻔스런 얼굴로, 가면만 쓰고 있으면 된다

　가면이 밤이라고 말하면 대꾸할 말이 없지만, 비유는
혀를 굴리기 나름

　특히 은유는 갖다 붙이면 비슷해지는 팔다리여서, 잠
깐 동안

　이 팔다리로, 사람 하나를 제격 조립할 수도 있다

　뜻을 모호하게 숨긴 언어는, 이런 이목구비를 가지고
있다

　흑백 사진처럼 오로지 밝음과 어둠만으로 세계를 조

립할 수도 있다

　가령 어떤 권력가가 자신의 생애는 가난한 사람들을 위해 이루어진다고 말할 때

　그의 뒷손은, 일가一家의 부를 위해 열심히 물속을 헤엄치는 물갈퀴를 만든다

　마치 자신이 존재해야 모든 가난한 사람들이 존재하는 듯

　이 재귀再歸의 시간은, 지난날에도 오늘날에도 여전히 영구불변의 얼굴을 하고 있다

　사라졌다고 생각했는데 또 나타난다. 3천 년이 지난 미라가 되어서도 나타난다

　오로지 밝음과 어둠만으로 표현되어 있는 흑백 사진처럼

　색이 결핍된 모노톤―, 과거와 현재가 흑과 백 사이에만 존재하는 듯

　이 모든 비현실성이, 유사 이래 새로운 가치에의 모색

摸索인 것처럼

　역사는 그렇게 대낮에, 닭들이 모이를 쪼고 염소들
이 맛있게 풀을 뜯는 시간에 이루어져 왔다

　그 재귀의 시간, 저녁 산책 길을 걷는다

　저녁 어스름 속의 길들은, 그 모든 시간을 초월한
듯 비현실적인 색채 속에 잠겨 있다

　마을은 흑백의 모노톤 속에 잠기고, 길은

　흐릿해짐으로써, 모든 기억의 내면이 되는 듯 가라
앉고 있다

　모든 색의 모색母色이며

　모색慕色인, 그 흑백 사진 속에서

　그리움 하나를 캐내

　저녁의 노을에 굽고 있는 것처럼

진흙쿠키를 굽는 시간 5

검은 새 떼가 보이는 날이 있다 자욱하다 땅거미인가
눈을 비벼 봐도 마치 비문증처럼 커다란 얼룩이 떠다
닌다

안개 같다 농무 현상이라면 무적霧笛이라도 있을 텐
데 사위가 조용하다

적막이다 비박 같은 고요다 갑자기 뼛속으로 냉기가
회오리친다는 말이 실감난다

얇은 피부의, 낡은 흙벽을 파고드는 영하 20℃의 추
위를 견디기 위해

방에 텐트를 친 것 같다 상자 속에 상자가 든 것 같은
텐트 안에 누우면 시야는, 궁형이다

공중을 떠다니는 검은 새 떼의 막 같은, 궁형의 공간—.
시야는 타원형의 알 속에 웅크린다. 깨어지지 않는
적막은, 돌 속이다

삼엽충 화석이 몸을 웅크리고 있다 몇천 년을 지난
것 같다

탁본은 몸의 뢴트겐이다 뼈의 지도를 그리고 있는 새의 조상彫像이 선명하다

  앙상한, 내면의 길들이 방사형으로 뻗어 나간다

  거미줄, 거미줄 같기도 하다 손으로 거둬 내면 켜켜이 낀 먼지가 흘러내린다

  어디선가 무적이 들린 것 같기도 하다 문을 열고 나가면 길이 보일 듯하다

  그 환청 속에 자욱한 새 떼, 검은 새 떼들―, 날아올라 또 길을 지운다

  이 위태로운 벼랑에서의 비박飛泊―, 이것이 생이라면

  그래 생이라면, 알을 닮은 궁형의 공간이 궁핍에게 먹일 최후의 식량 같다

  돌 속에 누운 삼엽충 화석이 눈을 뜬다

  다시 무적―,

한때 곁에 누웠던 몸의 온기가 느껴진다

몸의 탁본이 되어 있는, 36.5℃의 체온이 따뜻하다

진흙쿠키를 굽는 시간 7

저 폐가—, 꼭 빈곤 포르노 같다

우두커니 억새풀에 뒤덮여 있다. 깨진 유리의 창문
에는 햇살의 누런 눈곱이 끼어 있다. 온갖 쓰레기의 불
법 투기장이 된 집, 자신의 궁핍을 드러내기 위한 연출
같다. 사람이 살던 집이 어쩌면 저렇게 퇴락할 수 있을
까? 하는 의문을 증폭시키기 위한, 연기 같다. 시간의
자연적인 흐름 속에 놓아 둔 것 같은 작위성—, 차가운
관객들의 시선을 붙잡아 두기 위한 잘 계산된 전략 같
다. 석면으로 만든 슬레이트 지붕도 내려앉아 발암 물
질의 온상지처럼 변해 있는, 사람 떠난 빈집이 어떻게
피폐해지는지에 대한 리포트 같기도 하지만, 모든 욕망
을 거세해 버린 욕망이 몸 웅크리고 노숙을 하고 있는,
이제 세계에 대한 한 가닥 기대도 삭아 내려 한쪽 어깨
부터 기우뚱 무너져 내리는, 척추 측만증을 앓고 있는
마을—.

그 불구를, 최대한 클로즈업시켜 불치를 과장하고 있
는 듯도 하다

그러나 이것은 빈곤 포르노가 아니라
지금도 여전히 존재하는 현실이라는 듯한, 슬픈 얼굴
같기도 하다

누가 살다 허물처럼 벗어 두고 간, 저 빈집들—.

잡풀 우거진 마당에는 이 시골 마을을 벗어나기 위해
땀 흘려 일하던, 생의 족적들이 뒹굴고 있다

그렇게 시장 경제 법칙에 가장 잘 어울리는 낯빛을
한, 마을의 공동화空洞化—.

온갖 오물들의 불법 투기로, 마치 공포 영화의 촬영
지처럼 변해 있는 폐가들—

누군가가 미련 없이 벗어 두고 간 허물처럼
허공에 우두커니 걸려 있다

그래, 이제 누가 연출하지 않아도 꼭 빈곤 포르노
같다
온갖 오물들의 불법 투기로, 마치 공포 영화의 촬영
지처럼 변해 있는 폐가들—

누군가가 미련 없이 벗어두고 간 허물처럼
허공에 우두커니 걸려 있다

그래, 이제 누가 연출하지 않아도 꼭 빈곤 포르노
같다

진흙쿠키를 굽는 시간 8

빈곤 포르노라는 말을 듣는다

빈곤 포르노라니? 언제부터 빈곤이 포르노그래피가
되었나?

갑자기 빈貧과 곤困이 벌거벗은 채 뒤엉킨 가난의 성
기처럼 보인다

숨이 막혀 온다 가슴이 답답해진다 마치 비문非問처
럼 눈앞이 흐려진다

현대라는 피도 눈물도 없는 세계에 적응하기 위해서
는, 자신의 피를 차갑게 결빙시키지 않으면 안 된다는

어느 사회학자의 말이 떠오른다

이 빈곤 포르노그래피도, 차갑게 결빙된 세계에서 살
아남기 위한 전략일까?

그런 환멸의 형식일까?

표정의 미묘한 떨림만으로도 사람들의 시선을 사로잡는
명배우의 연기 같기도 한, 저 포르노그래피들—

가난의 살아 있는 모습을 최대한 클로즈업시키지 않

으면, 차갑게 얼어붙은 관객들의 시선을 붙잡을 수 없는
이 세계에 대한 반작용일까? 풍자일까?

더 자극적으로 잘 연출된, 저 포르노그래피의 장면
들—

저기 봐! 그런 장면 속에 묻힌, 둥글고 납작한 시선
들이 돌처럼 뒹굴고 있다

제발, 그 눈에 비친 것이 선한 구름 바람이었으면 좋
겠다*

---

*「자라」에서 인용

진흙쿠키를 굽는 시간 9

아무리 파리 한 마리라도 날개를 뜯지 않고서는 보
내 주지 않는 세상이라지만

산1번지 달동네가 관광지가 되고, 역 앞 빈민굴 쪽방
이 일일 체험 숙박 시설이 되고

지난날의 청계천 움막 판잣집이 서울 관광의 필수 코
스가 되는 것을 보며

상전벽해라는 말을 떠올린다. 뽕나무 밭이 푸른 바다
가 되는 것

전혀 예기치 않았던 것들이 오늘의 현실이 되는 것

만약 내가 지금 달동네를 찾는 관광객이었다면 어떤
표정을 지을까?

시부랑탕! 빗방울 하나도 차가운 시선의 바이러스처
럼 파고들던

지난날의, 남산공원의 노숙의 벤치를 떠올릴까?

아니면, 오늘날의 슬립 캡슐 같은 창신동 개구멍 방
을 떠올릴까?

두 명이 누우면 꽉 차는 쪽방을 여섯 개의 단위로 쪼개어

마치 관짝을 얹어 놓은 것 같은 공간을 만들어, 추운 겨울밤

(얼어 죽지 않으려고!) 여섯 명의 사람이 애벌레처럼 기어들고 나오던, 그 개구멍 방

사람이, 정말 칸칸의 구멍 속에 박힌 벌레처럼 보이던 방

혹시 그 개구멍 방을 만들어 놓으면, 서울 관광의 기막힌 명소가 되는 건 아닐까? 하는

그런 기발하고 참신한 상상력을 떠올리지 않을까?

왜냐하면, 방 하나의 하룻밤 숙박비를 여섯 명으로부터 징수할 수 있으니까

집 소유주에게는 얼마나 큰 이익을 가져다줄 것인가

혹시 나 또한 그런 기똥찬 아이디어의, 빈곤 비즈니스를 떠올리지 않을까?

그래, 구걸꾼에게서도 뜯어먹을 게 있는 것이 세상
이므로—, 또 뜯어먹고 사는 세상이므로—.
　다른 사람에게는 눈요깃감의 관광이지만
　지금 그곳에 살고 있는 사람들에게는 치욕스런 현
실인데도
　그것이 관광객들의 시선을 끌어당기는 수단이 되는
　마치 고래 배 속처럼, 아무리 헤쳐 나와도
　아직도 그 고래 배 속인 것처럼

　그러면 지금 나 또한 그렇게 시를 쓰고 있는 것은
아닐까?
　작은 파리 한 마리도 날개를 뜯지 않고서는 보내 주
지 않겠다고, 눈을 빛내며—.

진흙쿠키를 굽는 시간 11

　울음에는 뿌리 있어야 한다고, 명치끝을 쿡 찌르고 들어와

　막힌 벽을 뚫고 바위의 땅을 경작하는 쟁기 같은 뿌리 있어야 한다고

　지난날, "누가 우주를 노래하라 하는가?"라는 시에서 쓴 적이 있다

　나는 그 시를 시집에도 넣지 않고 까맣게 잊어버렸었다

　그런데 오늘 묵은 원고를 뒤적이다 그 시를 발견하고는, 아연해진다

　알코올 중독의 지게꾼 아비의 시신을 문밖에 내어 놓고, 봉제 공장에서 찾아온 어린 딸이

　가마니에 덮인 주검을 경찰 앰뷸런스가 싣고 가는, 그 길바닥에서의 장례를

　빈민굴의 골목에 숨어 야위고 지친 몸 떨며 지켜보고 있을 때

　소리개 한 마리 공중에 높이 떠 있는 것, 저문 하늘

을 하염없이 기러기 날아가는 것

　그것을 울음이라고 슬픔이라고 부를 수 있겠는가?라
고 쓴, 시

　젖먹이가 구걸의 소도구로 일당에 팔려 가고, 그 아
이의 어미인 늙은 창녀가

　빈민굴의 더러운 골목에서 벌거벗은 채 뒹굴며 발광
을 하고

　날품팔이 주정꾼들이 소주병을 깨어 들고 제 뱃거죽
을 북 긋고

　그 상처에서 햇살이 붉은 혀를 날름일 때,

　저녁 개밥바라기로 뜬 저 별, 누구도 목을 축인 적
없어 더욱 만삭으로 부푸는, 달의 물—.

　그것을 눈물이라고, 폐부를 그렁이는 울음일 수 없다
고 쓴, 그 시

　나는 왜 그 시를 버렸을까? 서툰 형상화 때문이었을까?

　그 '울음의 뿌리'가 내게도 무거운 짐처럼 느껴져서 일까?

그래도 그 시를 찢어 버리지 않고 책상 서랍 깊숙이 묻어 두었다는 것은

　그 울음을 잊고 싶지 않다는, 버리고 싶지 않다는 내 무의식 같아서

　오늘, 혼자 중얼거린다. 그래, 울음에는 뿌리가 있어야 한다고

　명치끝을 쿡 찌르고 들어와 막힌 벽을 뚫고 바위의 땅을 경작하는, 쟁기 같은

　의식이 부러지고 정신의 살거죽이 문드러져도, 다만 우직하게……

　되새김질의, 그 한없는 반추처럼 돋아나는 뿌리가—.

진흙쿠키를 굽는 시간 13

가시可視가, 가시 같은 날이 있다. 참 낯선 풍경을 보는 날이다. 낯선 풍경이라지만 살다 보니 이런 날도 있구나! 싶은 날이다. 서울역 광장 한편에 작은 제단이 차려지고 향이 피어오른다. 역 지하도에서 광장의 구석진 곳에서 이름 없이 죽어 간 노숙의 넋들을 위한 위령제다. 눈에 보이는 것이 가시 같다. 가시可視가, 가시 같다.

눈을 감아도 보이는 것들—, 살아서 이미 죽은 사람들—, 얼굴이 없는 얼굴들—, 눈앞에 마치 얼룩처럼 떠오른다. 눈에 박힌 비문飛蚊처럼 떠오른다.

저것도 빈곤 포르노 같다고 해야 하나? 자신의 불행을 과장하지 않으면 눈에 띄지도 않던 사람들—, 흑백으로 남겨진 초라한 몇몇 영정 사진도 보인다. 눈앞이 흐릿해진다. 위태로운 벼랑에서의 삶들—, 그 비박飛拍

의 생들—.

오늘, 흑백의 저녁 어스름 속에서 이제 죽어서 제
그림자를 새처럼 날려 보내고 있다. 지하도에서 역 광
장 구석진 곳에서 빈손을 내밀 때마다 새를 날려 보
내던 사람들—, 그러나 한 마리의 새도 돌아오지 않는
다는 것을 알기 때문에 끊임없이, 더욱 악착같이 새를
날려 보내던 사람들—. 이제는 죽어서 다시 제 그림
자를 새처럼 날려 보내고 있다

그래, 가시可視가 가시 같다. 아직도 날아오지 않는
새를 기다리는 눈이, 가시 같다. 하루하루가 검은 포
르노그래피 같았던

그 벌거벗은 시간들이, 가시 같다

도구론 1

손이 볼펜을 쥐고 있다 백지에 못을 박기 위해 나사를 조이기 위해 그렇게 완성품을 조립하기 위해 마치 망치나 드라이버처럼 손에 쥐어져 있는 볼펜 무슨 뿌리 깊은 나무 같다 고집스레 돋아 있는 고목의 뿌장귀 같기도 하다 인체의 도구인 손 그 손의 도구인 볼펜 그것이 손을 움직이는 뇌 손의 살아 있는 심장 같아 슬그머니 볼펜을 놓아 보지만 백지에 나사 하나 못 하나 박을 수가 없다 그래, 손가락은 펜이 아니다. 생각은 잉크가 아니다 살아오는 동안 마치 꽃을 피우듯 손이 집을 짓는다고 생각했는데 알고 보니 손의 도구가 집을 짓고 있다 손에 관한 글을 쓰고 싶었는데 잉크가 흘러나오는 볼펜에 관한 글이 쓰여지고 있다

그 손이, 아프다

그래도 백지는 여전히 물처럼 물의 빛처럼 흐르고 있다

도구론 2

그래, 집을 지을 때는 톱과 망치가 필요하다 망치는 못을 박고 톱은 집의 균형을 맞춘다 손의 편리한 도구인 톱과 망치―, 어쩌면 이것이 있어 지금의 세계가 조립되었을 것이다 그러나 이 톱과 망치도 손이 놓으면 죽은 도구에 불과하다 그러므로 손은, 망치나 톱을 살아 있게 하는 심장, 이 톱과 망치가 살아 있을 때, 손은 하나의 우주가 된다 인체의 도구인 손, 그 손이 움켜쥐고 있는 톱과 망치―, 그러면 사람은 누가 쥐고 있을까? 신? 아니면 우주의 암흑 물질? 그 암흑 물질을 닮은 자본? 혹은 인간의 욕망?

지금 톱과 망치가 집을 짓고 있다

손의, 살아 있는 심장이 뛰고 있다

누룽지의 시

　저 오체투지! 밥이 익는 밥솥의 밑바닥에 가라앉아
있는 것
　밥솥의 바닥에서 올라오는 뜨거운 열기를 견디며
　마치 자신이 마지막 방어선인 듯 최후의 보루인 듯
　대체 얼마나 끈질긴 밀착이었는지 포옹이었는지
　숟가락으로 긁어도 밥주걱을 우겨 넣어도
　저 밀착은 잘 떨어지지 않는다
　때로는 아궁이의 불길에 꺼멓게 그을리면서도
　전신으로 받아 낸 열기에 말라 바스러지기도 하면서
　잘 곰삭은 퇴비인 것처럼 무슨 둥우리인 것처럼
　밥솥의 바닥에 눌어붙어 있는 것
　그러나 물을 부어 주면 구수한 숭늉으로 풀어지는 것

　지금 그 누룽지 익는 냄새가 저녁노을로 퍼져 흐른다
　만약 저 노을로 자신을 익히지 못한다면

사람에게는 무슨 냄새가 날까?

저 밥솥에서 자라 오른 나무에, 새들이 날아오지
않는다면!

3부

흑백 사진

오래된, 낡은 빈집에서 보는
흑백 사진은 우리 생의 거푸집이다.
살아온 날들의 모든 모색摸索의 원형이 들어 있다.
지금은 사라지고 없는 동네 풍경과 가계사와 얼굴이
있지만
그것은 지금의 세계를 구축하기 위한 하나의 틀―.
그때의 꿈들이 제 꿈의 모양만큼 만들어져 있는
이를테면 집 속에 또 하나의 집이 있는 너와집 같은 것
그것은 모색이면서 모색幕色에 가까운 것
이제 어떻게 살아가야 하나? 하는 물음 앞에 주저앉
아 버린
주저앉아 버려 그때까지 살아온 시간들이 멈추어져
있는
그 멈춤에서, 저녁 어스름 같은 모색幕色이 피어오르는
이렇게 우리 생의 모색母色이 되어 주고 있는
흑백 사진 한 장―.

또 그런 생의, 원형질이 되어 주고 있는

저 거푸집!

집중

골똘하다 미동도 없다 물안개가 피어오르는데 이른
아침의 시장기처럼 피어오르는데 저 시선, 흐르는 물에
두 발 담그고 집요하게 물속을 응시하고 있다 긴 목을
물음표처럼 괴고, 사유는 시선 끝에 모으고 한 걸음 떼
고 부동不動, 고요히, 다시 한 걸음 떼고 마치 백척간두
인 듯 미동도 없는 시선, 오랜 좌선을 닮았다 흐르는
물속의 돌이 나뭇잎이 지느러미를 흔들고 있다 긴 목이
아파 오는지 잠시 부동을 허물며 올려다보는 공중, 물
속의 구름이 그곳에 머물러 있다 물에 담긴 두 발이 저
려온다 마치 그곳에 다른 삶이 있는 것처럼

흐르는 물에 다시 돌이, 나뭇잎이 지느러미를 흔들고
있다

돌

미술 전시장에 돌이 몇 개 놓여 있다

아무런 가공도 하지 않은, 길바닥을 아무렇게나 굴러
다니는

돌이, 흰 천이 깔린 작은 사각의 좌대 위에

'이것은 돌이지만 돌이 아니'라는 표정처럼 놓여 있다

그 표정은, 돌의 지느러미처럼 돋아 있다

왜 날개가 아니고 지느러미일까? 하는 의문도 없이,
지느러미처럼 돋아 있다

돌 앞에는, 서울로 압송되는 전봉준 유관순 이육사
같은

역사적 인물들의 흑백 사진이, 돌의 무표정처럼 붙어
있다

마치 닫힌 돌의 내면으로 들어가는 문처럼 보인다

아무렇게나 길바닥을 굴러다니는 돌이지만

사진 속 인물들의 손이 쥐었던 돌이라는 암시, 저 은
유—.

무엇일까? 아무런 의미 없이 놓인 돌도 당신이 손에 쥐면

지느러미가 돋아난다는 뜻일까? 죽은 돌이 눈을 뜬다는 의미일까?

그 돌을 보는 순간, 또 다른 "지느러미가 아름다운 사람"이 생각났지만

그 사람이 누구인지 얼른 떠오르지 않았다

그래, 날개가 아니라 지느러미가 아름다운 사람, 누구일까?

저 돌처럼 길바닥을 아무렇게나 뒹굴어 다니지만 누군가가 손에 쥐면

지느러미가 돋아나는 사람? 그런 무늬 또한 돌의 무표정 속에 담겨 있지만

여전히 닫힌 돌의 내부로 들어가는 문처럼 보이는

돌의 지느러미―, 혹은

돌의 무늬―.

저기, 돌이 몇 개 놓여 있다.

'이것은 돌이지만 돌이 아니다'라는 표정처럼 놓여 있다

길바닥을 아무렇게나 뒹구는 돌이어서 전혀 상품이
되지 않는데도

상품이 되지 않으므로 비로소 자신이 존재한다는 듯
이, 돌이 놓여 있다

저 "지느러미가 아름다운 사람—."

돌에 관한 에피소드 1

　돌도 마스크를 하고 뒹구는 것 같은 날이다 코로나
19 때문에 한산해진 거리를 걷는다 거리가 이안류에 휩
쓸린 것 같다 바다 밑으로 보이지 않게 빠져나가는 빠
른 물살의 흐름―, 끝이 보이지 않는 바닥의 심연으로
빨려 들어가는, 저 역류―. 기억해 보면 불행은 언제나
이 물의 흐름처럼 온다 마치 싱크홀처럼, 모든 것을 비
극으로 침몰시키는 거대한 상상력 같다 거리의 나무들
도 방호복을 입은 채 비대면으로 서 있다 나뭇잎도 수
어처럼 흔들린다 바람이 냉동 트럭에 실린 시신의 감촉
으로 살갗에 닿는다 상상은 무섭다 눈에 보이지도 만져
지지도 않는 바이러스처럼 전신을 파고든다 공기도 무
수한 시신들의 매장지로 변한 뉴욕의 하트섬처럼 부푼
다 코로나 바이러스가 에피소드가 아니라 인류의 시간
을 관통하는 거대 서사가 된 오늘, 마치 이안류에 휩쓸
린 듯 거리는 불안한 발걸음들로 삐걱이고, 어느 방향
에서 날아올지 모르는 비말을 두려워하며 어쩌다 마주

치는 사람들도 쫓기듯 걷고 있다 박쥐의 서식지를 파괴하는 것에서 비롯되었다는 팬데믹 기원설이, 뒹구는 돌처럼 발길에 툭툭 차이는—, 예고도 없이 사람과 상점들이 대량 해고되는 거리, 이제 방호복을 입은 채 만나고 휴대폰으로 대화를 해야 하는 하루가 정말 무분별한 농담 강박적인 말놀이 같다 들리지 않는 비명이 벽에 납작하게 붙어 있는 압화 같다 거리가 압축 장치 같다 사람들은 벽에 박제처럼 붙은 그림자를 떼어 내고또 떼어 내며, 그런 자신을 성난 얼굴로 돌아보듯 다시오후의 거리를 허적허적 걸어간다 바람은 여전히 시신들을 실은 냉동 트럭처럼 거리에 방치되어 있다 공기도무수한 비말들의 거품처럼 부푼다

　돌도 마스크를 하고 뒹구는 것 같은 날이다

돌에 관한 에피소드 2

코로나 19 때문에 한산해진 거리를 걷다 서점으로 들
어선다

지하철에서 내려 화장실에 들렀다가 변기에 마스크
를 빠트린 나는

마스크를 쓴 여자 직원의 왜 마스크를 쓰지 않느냐
는 눈길을 미안해하며

진열대의 책들을 훑어보다가 세계 문학 코너에서 무
작위로

책 한 권을 뽑아 들었는데, 『페널티킥 앞에선 골키퍼
의 불안』이라는

오스트리아 작가 페터 한트케의 소설이었다 책 표지
에는 2019년

노벨문학상 수상작이라는 소개 글과 함께 '무질서한
전개 무의미한 농담

강박적인 말놀이로 그리는 현대인의 불안과 소외'라
는 표제사가 쓰여 있었고

뭉크의 그림 「절규」가 표지 사진으로 실려 있었는데

나는 해상도가 선명한 뭉크의 「절규」라는 그림과 『페널티킥 앞에선

골키퍼의 불안』이라는 제목이 잘 어울려 보여 망설임 없이 계산대로 와

책값을 지불하고는 여전히 불안해하는 여자 직원의 눈빛을 미안해하며

서점을 나와 길을 건너기 위해 횡단보도 앞에 섰을 때 잠간

책 첫 페이지를 펼쳐 보았는데, '이전에 꽤 유명한 골키퍼였던

요제프 블로흐는 건축 공사장에서 조립공으로 일하고 있었는데

아침에 일하러 가서는 자신이 해고되었음을 알게 되었다'라는 소설의

첫 문장을 읽는 순간 신호등이 푸른색으로 바뀐 것

을 보았다

　나는 서둘러 횡단보도를 건넜다 그리고 어쩌다 마주치는 행인들의

　따가운 눈길을 피해 몸을 숨기듯 뒷길을 찾아 들어 허적허적 걷다가

　'왜 나는 작은 일에만 분개하는가?'라는 글과 함께 시인 김수영의

　얼굴이 판화로 인쇄된 벽보를 발견하고는 우두커니 서서 바라보다가

　그 벽보가 가리키는 미술 전시장으로 들어갔다 그때 강렬하게

　내 눈길을 끈 것이 있었는데, 그것은 전시장의 한쪽에 놓여 있는

　몇 개의 돌이었다 그 돌들은 조그만 좌대 위에 놓여 있었는데

　아무렇게나 길바닥을 굴러다니는 돌이지만 당신이

손에 쥐면

　지느러미가 돋는다는 표정으로 놓여 있었다 나는 그 돌들을 물끄러미

　바라보다가 전시장이 창문이 없는 실내라는 것을 알아차리고는

　얼른 손수건으로 입과 코를 가린 채 전시장을 빠져나와 약국을 찾아

　마스크를 구입하려 했지만 요일제 때문에 실패한 나는 그런 자신에게

　돌을 던지듯 '무의미한 농담 강박적인 말놀이'처럼 비틀거리는

　거리를 다시 허적허적 걸어갔다 마스크를 쓰지 않은 사람이

　모든 바이러스의 매개체처럼 보이는, 거리의 나무들도

　페널티킥 앞에 선 골키퍼의 불안처럼 서 있는, 마스크가

어느 방향에서 날아올지 모르는 공을 막아 내는 손
처럼 느껴지는

마스크가 없는 내가 돌처럼 뒹굴고 있는 것 같았던,
그날

못

낡은 판자벽의 못이 구멍 속에서 곧 빠져나올 듯 헐렁이고 있다

못의 구멍 속에도 초대하지 않아도 찾아오는 늙은 시간들이 있었는지, 그렇게 시간의 풍화 작용에 닳아가며 생의, 거품 아래로 가라앉고 있었는지 못은, 이 구멍이 내가 몸담았던 곳이 맞을까? 의아해하듯 빠져나오려다가 도로 들어가곤 한다

뿌리 깊은 나무라고 생각했는데, 암반도 휘감으며 땅속 깊이 박힌 뿌리라고 생각했는데 이렇게 어이없이 흔들리다니! 덜컹이다니!

바람이 불 때마다 곧 튀어나올 듯 덜컹이는 것이 무슨 감옥의 문이 열린 듯, 그 무기無期의 시간에서 비로소 자유를 얻은 듯도 하지만 못은, 도무지 나오고 싶

어 하지 않는 표정이다. 오랜 세월, 헐거워진 구멍 속에서 뼈 마디마디 닳아 가고 있으면서도 빠져나오지 않으려고 온몸으로 웅크리고 있는 것 같다

그래, 살아온 날들이 눈에 가시처럼 돋아 있어도, 그 시간이 가슴에 돌의 알을 낳아도 내가 빠지면 벌어진 틈새로 바람이 스며들어 아이들의 손발이 차가울 것인데, 웅크린 생활의 무릎이 더 시려올 것인데

못은, 그런 걱정으로 구멍 속을 기어코 버티고 있는 것 같다

바람이 불 때마다 너무 오래 덜컹거려 헐거워진 구멍 속으로 빗물이라도 스며들면 녹슨 관절이 더 삐걱거릴 것인데, 그렇게 녹슬어 가는 몸의 구석구석 암갈색의 녹은 마치 암세포처럼 더 빠르게 퍼져 흐를 것인데,

그래도 못은 헐거워진 구멍 속을 한사코 웅크리고 있는 것 같다

그 아픈 시간들이 지금은 눈의 비문飛蚊처럼 돋아 있어도, 못의 구멍 속에도 꽃이 피고 구름이 흐르고 밥 짓는 연기가 피어오르는 듯 못은, 바람에 덜컹일 때마다 빠져나오지 않으려고 혼신으로, 구멍 속을 움켜쥐고 있는 것 같다

그 생이, 마치 쥐라기의 늙은 황혼처럼 구부정히 자신을 내려다보고 있어도······

못과 가시

못은 가시─, 가시가 아니라 가시可視─. 눈의 시선이
가닿을 수 있는 만큼의 거리, 상상 그 너머가 아니라 보
이지 않는 세계의 이면에까지 가닿기 위해, 지금 서 있
는 곳에 정확히 머무는 것

새는 자신이 앉고 싶은 가지에 옮겨 앉지만, 그것은
날개를 가진 것의 일

날개가 없는 것은 언제나 자신의 삶의 영역인, 지상
에 직립한다

간혹 별을 쳐다보기도 하지만, 그것은 가시권 내의
거리─. 그 너머, 아득한 몇십 몇백억 광년 밖의 별자리
도 짚어 보지만 못은, 곧 되돌아와 자신이 머무를 곳에
한 치의 오차도 없이 착지한다. 그것이 날개가 없는 것
의 생─, 지상에 직립할 수밖에 없는 것의 삶─.

그 예각화된 시선—, 못은 뒤를 돌아보지 않는다
자신이 머문 자리, 못은 돌아갈 길을 만들지 않는다

간혹 날개가 없는 것의 시선이, 눈에 가시처럼 박혀
와도
자신이 머물 곳을 향해 일말의 망설임도 없이 투신한다

가시可視는, 그런 못의 생애—.

가시권은, 그런 못의 영역領域—.

너머는, 언제나 시선의 내면에 방사형으로 뻗어 있지
만, 그 뿌리가 피워 올리는 것은 지금 이곳이다. 이 가
지에서 저 가지로 옮겨 가지도 않는다. 한 번 박히면 일
생인, 못의 길—. 때로는 비바람이 불고 폭설이 내리고

안개의 숲에 뒤덮여 있기도 하지만, 가시可視는, 자신이
가 닿을 수 있는 곳에 마침표를 찍는다

  그 길이, 때로는 전신에 가시처럼 박혀 와도 못은
  그렇게 현실의 정곡에 꽂혀 보이지 않는 세계의 이면
까지 조립한다.

  이것이 날개가 없는 것의 생, 그러나 못은 주저하거나
망설이지 않는다

  가시可視는,
  그런 못의 외줄기 길―.

  못은, 결코 돌아갈 길을 만들지 않는다

잎과 가시

선인장의 잎은 가시─, 넓은 잎이 가시로 변한 것, 사막에서 태어나서 뜨거운 태양의 열기가 몸속의 수분을 증발시킬 때, 물 한 방울 없는 메마른 땅에서 살아가기 위해 몸을 최대한으로 움츠렸던 것

그러므로 가시가 된 잎은 진화이자 퇴화, 넓은 길이며 끊긴 골목
혹은 낭떠러지이며, 네 몸이 밧줄이 되어 매달렸던 길

그래, 너는 오직 매달려 있다
절벽에서 홀로, 타고 오르거나 내려올 때에도

선인장이 자신의 잎을 끝이 뾰족한 원뿔형의 가시로 만든 것은, 마치 거품 방울처럼 몸속의 에너지를 보존하려는 본능이겠지만 너에게는 아무도 다가오지 않는다. 다만 스스로 혼자 일어설 뿐

이것이 너의 삶의 전략이자 생존 방법―,

뾰족하게 찌르거나 뒷걸음질 치게 하는 것, 물론 수분을 뺏어 가는 메마른 사막의 열기 또한―

그리고 너의 생은, 마른 멸치처럼 뻣뻣해지지 않는다. 마치 안구 건조증처럼 눈에 풀 한 포기 없는 황무지가 펼쳐져도 속눈썹마저 비쩍 마른 가시처럼 보여도 몸속에 차오르는 새로운 생의 의지로 눈에 인공 눈물 몇 방울을 띄워 보낸다

저기 봐! 야윈 갈증이, 풀 한 포기 없는 마른 땅을 젖은 흙발로 타박타박 걸어가는 것이 보인다

그래, 선인장의 잎은 가시가 넓은 잎으로 변한 것?

아니지,

넓은 잎이, 끝이 날카로운 가시로 변한 것!

그래, 오늘의 선인장은
가시가 슬픔의 의지라는 것도 이미 알고 있는 눈빛!

폭포 1

1

폭포는 물이 떨어져 내리는 곳이다 벼랑에서 혹은 까마득한 낭떠러지에서 수천 수억 톤의 물이 한꺼번에 쏟아져 내리는 곳이다 지지대도 받침대도 없다 다시 타고 올라갈 사다리도 없다 한 번 쏟아져 내리면 끝이다 지구는 둥그니까 다시 흘러 또 쏟아져 내리겠지 생각할 수도 있겠지만 지구가 평면으로 그려질 때만큼 어리석은 일, 그래도 물이 떨어진 곳이 바닥이니까 흘러 흘러가면 또 폭포를 만나겠지 생각하며 사는 것이, 사는 일이어서, 그래, 지구는 둥그니까. 변함없이, 지구는 둥그니까 (뭐? 개천에서 용 난다고? 어림없는 말씀! 개천에서는 개밖에 태어나지 않는다)

이렇게 생각하며 걷다 보면 또 어느새 낭떠러지에 다다른다 저기 봐! 물이 수직으로 떨어져 내리는 곳, 그래, 수직은 구부러짐을 허용하지 않는다 그냥 직벽으로 쏟아져 내린다 그 폭포 아래 서면 인간도 한 잎 나뭇잎이다 (인간 낙엽이다) 그러나 그런 겸손이 폭포를 거슬러 오르는 강인함을 키운다고, 저 물의 흐름은 속삭인다 그 속삭임을 들으며 걷다 보면, 오늘, 그런 폭포 아래 다시 서고 싶어진다

2
그래, 폭포는 다시 폭포를 볼 수 있을까?
무게를 가진 것은 언제나 수직이어서 자신의 뒤를 볼 수가 없다
깨어지고 부서진 뒤에는 천수천안을 가진들 포말만 만져질 뿐이다
흐름은 언제나 정지된 것과 같아서 다시는 폭포를 만날 수 없다
그러나 끊어지는 낭떠러지를 만나면 다시 폭포이다
무엇이 제 몸을 거슬러 오르는 것은 수직에게도 길이 있기 때문이다

저기 보라, 쏟아지는 빗줄기를 타고 오른 미꾸라지 한 마리가

웅덩이가 아닌 너른 벌판에서 새로운 영역을 만들고 있다

저 거꾸로 쏟아지는 폭포!

폭포 2

물이
모래자갈 질통을 지고
비계飛階를 오른다
삐끗, 조금만 발을 헛디뎌도
까마득한 바닥으로의
추락이다

그러나 물에게는 바닥이 없다
바닥에서 더 낮은 바닥으로 스며들어, 물은 튼튼한
골조의 집을 짓는다

그렇게 추락이 도리어 비상飛翔이 되는,
저 물의 흐름—.

다시, 거꾸로 쏟아지는 폭포!

사육

저기, 가마우지를 이용해 물고기를 잡는 사람들이 있네

날개 달린 가마우지를 물속의 낚싯바늘이 되게 하는
사람들이 있네

세상에, 가마우지를 이용해 물고기를 잡다니!

날카롭게 미늘이 돋은 낚싯바늘이 되게 하다니!

대체 어떻게 길들였을까? 저 가마우지를—

하늘을 날수도 있는 가마우지를 어떻게 사육할 수 있
었을까?

저기 봐, 목이 끈으로 묶인 가마우지가 날렵하게 물속
으로 잠수를 한다

잠시 후, 잡은 물고기를 물고 물 밖으로 솟구친다

그러나 가마우지는 잡은 물고기를 삼킬 수가 없다

목이 끈으로 묶여 있어 잡은 물고기를 삼켜도 목구멍
에 걸려 있게 된다

사람은 가마우지의 목에 걸린 물고기를 꺼내기만 하면
된다

그러면 배가 고픈 가마우지는 또 물고기를 잡기 위해 잠수를 한다

이 반복이, 가마우지를 이용해 손쉽게 물고기를 잡는 법

날개 달린 가마우지를 물속의 날카로운 낚싯바늘이 되게 하는 법

이때 중요한 것은 가마우지에게 먹이를 정해진 시간에 규칙적으로 주는 것

물고기를 잡는 시간에는 배 속이 최대한 텅 비어 있게 하는 것

그러면 가마우지는 더 열심히 물속을 헤엄치게 된다

배가 고픈 가마우지는 물가에 풀어놓아도 도망가지도 않는다

부지런히 물속을 드나들며 물고기를 사냥한 후, 목의 끈이 풀리면

살아 있는 물고기를 보너스로 먹을 수 있어, 그렇게 잘

길들여진 가마우지는

　마치 집에서 기르는 오리나 닭처럼 먹이를 주는 사람
뒤만 졸졸 따르게 된다

　날렵한 몸짓과 물갈퀴가 있어 물고기를 잡는 데는 숙련
공인, 가마우지

　눈에 투명한 보호막이 있어 물속에서도 눈을 뜰 수 있
는, 가마우지

　저기 봐, 목이 끈으로 묶인 가마우지들이 또 날렵하게
물속으로 잠수를 한다

　삼킨 물고기를 울컥 토해 내고 또 토해 내면서도

산낙지

산낙지를 잘게 토막을 친다. 도마를 두드리는 칼질 소리가

리드미컬하다. 잘 숙련된 칼질 소리가 내는, 그 리듬 따라

지금 산낙지는 잘게 토막이 나면서도 꿈틀거리고 있다

그 꿈틀거림이 더 리드미컬하다. 칼날 위에서 맨발로 신명 나게

춤을 추는 것 같다. 제 몸이 잘게 토막, 토막 나면서도

마치 접신의 경지에까지 이른 듯한, 저 리드미컬—.

산낙지의 그런 꿈틀거림을 보면, 리드미컬의 숙련된 동작들이

모든 꿈틀거림의 만국 공통어 같다. 혹시 '꿈틀거림을

사랑하세요?' 하고 묻는, 어느 소설의 복고풍 문장 같다

생의, 거품 아래로 가라앉고 있는 생이 줄거리도 없이

탁 탁 끊기고 있는 것 같은, 저 리드미컬—.

아직도 꿈틀거림을 사랑하세요? 하고 묻는 의문 가
득한 표정으로

포장마차의 흐린 불빛 아래 앉아 흐린 눈빛으로 또
하루치의

희망을 반추하고 있는 것 같은, 잘게 토막이 난 현재
진행형의

산낙지 한 접시를 앞에 놓고, 「서울, 1964년 겨울」*처럼

혼자 술을 마시는 밤, 정말 꿈틀거림을 사랑하세요?
하고 묻듯

옆자리에 또 한 사내가 들어와 앉는다. 이미 춤추기
를 포기한 것 같은

낯빛이다. 그래도 칼날 위에서 춤을 추는 산낙지의,
리드미컬한

움직임이 다시 시작된다. 제 몸이 또 잘게, 또 잘게
토막이 나면서도

---

* 김승옥 소설가의 단편소설.

저리 열심인 저 꿈틀거림—. 도마를 두드리는 칼질 소리는

그런 꿈틀거림에는 눈길도 주지 않는다. 혹시 꿈틀거림 속의

꿈틀거림은, 생의 거품일까? 하고 묻고 싶은 잘 숙련된

칼질 소리가 내는, 저 리드미컬의 리듬 따라

현재 진행형의 산낙지 한 접시가, 다시 완성되는 밤이다

암흑 물질 1

미꾸라지 운반차에 메기를 넣어 놓으면 오랜 시간이 지나도

미꾸라지들은 살아 있단다 메기에게 잡혀 먹히지 않으려고

열심히 피해 도망 다녀서 그렇단다

그러면 내가 그 미꾸라지 중의 한 마리라면?

생각만 해도 모골이 송연해진다. 마치 암흑 물질처럼

등 뒤 보이지 않는 곳에서 커다랗게 주둥이를 벌리고 있을 메기,

언제 어디서든 슬쩍 다가와 미꾸라지 한 마리쯤은 흔적도 없이 삼켜 버릴

메기의 커다란 아가리—, 누구나 그것의 존재를 알고 있지만

누구의 눈에도 띄지 않는—, 그 미지의 아가리가

등 뒤에서 커다랗게 입을 벌리고 있다는 상상만으로도

아마 미꾸라지의 심장은 까맣게 타 버릴 것이다

그렇다. 미꾸라지들 속에 메기를 넣는 사람들은
미꾸라지의 영혼 따윈 쳐다보지도 않는다

미꾸라지가 어떤 공포와 불안으로 심장이 터져 버릴
지경이 되더라도

오로지 미꾸라지가 살아 있으면 된다. 살아서 식탁까
지 운반되면 된다

미꾸라지의 영혼 따윈, 안중에도 없다

그래, 이 우주의 어디서나 존재하며, 지금 바로 우리
곁에도 존재한다는 암흑 물질처럼

'저 구름에게 시선을 던져 봐—, 저 눈부신 구름을
향해—'*

눈에 보이는, 그 모든 것의 바깥에 있다는 사방에 존
재한다는

그러나 그게 대체 뭔지, 왜 존재해야 하는지도 알 수
없다는

---

* 올가 토카르추크의 『방랑자들』.

그 암흑 물질처럼

미꾸라지가 가득 든 운반차 속의 메기는 얼마나 행복
했을까

눈앞이 온통 풍성한 식탁이었으니―, 식량 창고였으
니―.

암흑 물질 2

어깨에 헌 포대를 걸친 사내가 걸어온다. 그는 쓰레기통 근처를 서성이며 빈 병이며 갖가지 고물들을 주워 헌 포대에 담는다. 아직 공사판 같은 데서 잡일이라도 할 수 있는 나이 같은데도 어디 병색이 있는지 야위고 지친 낯빛으로, 그 빈 병 따위가 담긴 헌 포대를 어깨에 걸치고 발밑만 내려다보며 걷는다. 누가 쳐다보건 말건 그 표정 그 시선으로 걷는다. 가만가만 발자국 소리도 내지 않는다. 마치 자신이 이곳에 없는 듯 자신은 모든 것의 바깥에 있는 듯 걷는다. 미명인 이른 새벽이면 어김없이 나타나는 사내, 그가 어디에서 기거하는지 딸린 식구들이 있는지 아무도 모른다. 그는 말없이 그저 묵묵히 제 발끝만 내려다보며 혹시 쓰레기통 곁에 빈 병이라도 있는지, 호구가 될 만한 것이 있는지 그것만 쳐다보며 걷는다. 쳐다보는 시선들도 그의 바깥에 있는 듯 말없는 눈길을 거두곤 한다. 그러나 그는 걸어온다. 이른 새벽이면 어김없이 걸어온다. 그가 누구인지 아무도 모른다. 그는 그렇게 모든 것의 바깥에 있는 듯 걸어온다. 자기 자신마저 자신의 바깥에 있다는 듯 걸어온다. 그 침묵이, 힘없는 발걸음이, 등에 축 늘어져 있는 헌 포대가 제 자신을 지워도, 그는 그저 묵묵히 모든 것의 바깥에서 걸어와 모든 것의 바깥으로 지워진다.

홀로 사피엔스

코로나 바이러스의 가을이다.

이 가을이 마치 복고주의자復古主義者처럼 쓸쓸하다.
잎들도 마스크를 쓴 채 가을의 가지를 떠나고 있다.
침묵이라는 비말은 마주치는 눈빛에서도 은밀히 퍼져
흐른다. 서로 방호복을 입은 채 만나고, 얼굴 없는 전
파로 대화를 한다. 이렇게 모든 것이 변하고 있는데도
아무것도 변하지 않은 것 같은 나는 휴대폰이 없다.
코비드 19 시대의 이전에도 없었으므로 이 가을은 복
고주의자처럼 쓸쓸하다. 내가 손을 내밀면 나뭇잎들
도 마스크를 한 채 저만큼 떨어져 내린다. 나는 이미
수족 같은 스마트폰이 없으므로 환상통을 앓지도 못
한다. 신체가 된 디지털 플랫폼은 더구나 없으므로 팔
다리가 떨어져 나간 아픔도 모른다. 나는 그렇게 길
위에 떨어져 뒹구는 침묵의 나뭇잎을 밟으며 걸을 뿐
이다. 낙엽 밟는 발자국 소리는 이미 자가 격리된 복

고풍의 후회 같지만, 이 포옹이 복고주의자들의 전유물이기도 해서 잎은 살 한 점 없는 물고기의 뼈처럼 잎맥만 남긴 채 길 위에 말라 바스러져 있다. 그 위로 또 침묵의 나뭇잎이 떨어져 내린다. 이렇게 홀로 스스로를 위로하며 걷는 코로나 유목민의 가을, 마스크를 한 채 가을의 가지를 떠나는 나뭇잎에게

　나는 또 복고풍의 빈손을 내민다.

한 잎

　신기하다 정부의 재난 지원금이 든 카드 하나 무슨
화수분 같다 써도 써도 무언가 자꾸 나올 것 같다 우
렁 각시가 따로 없다 그 속이 오묘하기까지 하다 쌀도
두어 포대 들여놓고, 돼지고기도 두어 근 끊고 서점
에 가서 책도 몇 권 구입한다 치과에 가서 오래 묵은
아픈 이도 뽑는다 이 작은 사각의 플라스틱 카드 하
나가 이렇게 편리한 줄 몰랐다 무슨 요술 냄비가 따로
없다 생전 처음 가져 보는, 이 여유— 그러나 3개월
안에 다 소비를 해야 하는 것 오로지 소비를 위해 주
어진 것, 현금 한 푼의 지출도 없이 손쉽게 물품을 구
입할 수 있는 힘 비로소 느껴 보며 소비가 미덕인 시
대를 지나 소비가 삶의 패턴을 결정하는 시대에 비로
소 틈입한 것 같다 이 우아한 느낌, 대체 어떻게 표현
해야 하나? 짧았지만 굵었던 느낌, 대체 뭐라고 불러
야 하나? 이제 마지막 결실의 계절을 남기고, 내 생활
의 가지에서 떠날 준비를 하고 있는, 이 풍성한 가을

의 잎―. 미친 척하고, 내년에 또 새잎으로 돋아나 주었
으면 싶은

이 작은 사각의 플라스틱 카드, 한 잎의 여유―.

체온

낡은 흙벽을 파고드는 영하 20도의 추위를 견디기 위해 방안에 텐트를 친다.

방에서의 야영이다. 비박이다. 킥킥 웃음이 나온다.

냉기가 뼛속을 회오리친다는 말이 실감 난다.

상자 속에 상자가 든 것 같은 텐트 안에 누우면 시야는, 궁형이다.

타원형의 알 속에 갇힌 고요가, 돌처럼 견고하다.

삼엽충 화석이 몸을 웅크리고 있다. 몇천 년을 지난 것 같다.

탁본은 몸의 뢴트겐이다. 앙상히 방사형으로 뻗어

나가는 길들―,

　뼈의 지도를 그리고 있는 새의 조상彫像이 선명하다.

　비박飛泊처럼 웅크린 고요―, 몇천 년을 더 지난 것
같다.

　이 위태로운 벼랑에서의 일박―泊―. 이것이 생이라면
그래, 생이라면,

　알 같은 궁형의 공간이 궁핍에게 먹일 최후의 식량
같다.

　돌 속에 누운 삼엽충 화석이, 눈을 뜬다.

　한때 곁에 누웠던 삶의 온기가 느껴진다.

몸에 탁본이 되어 있는, 36.5℃의 체온이 따뜻하다.

*이 시는 「진흙쿠키를 굽는 시간 5」에서 발췌한 「체온」이라는
주제의 또 하나의 변주임.

토끼 공Hare Ball[*]

매섭게 휘몰아치는 겨울 벌판의 눈 폭풍 속에서 토끼가 제 몸을 공처럼 둥글게 말아, 살을 에는, 북극에서 불어오는 한파를 견디고 있는 사진을 본다. 등의 젖은 털은 이미 얼어 허옇게 성에가 덮였는데도, 주둥이는 가슴에 묻고, 빠져나가려는 한 오라기의 체온이라도 붙들기 위해 한껏 몸을 웅크리고 있다, 몸속의 남은 한 톨의 체온이라도 불필요하게 소모하지 않으려는 듯, 잠든 듯 잠들지 않은, 반쯤 눈을 뜬, 그 가수면의 자세로—

저 여린 생명이 빚어내는, 겨울 벌판의, 뜨거운 얼음 조각彫刻 하나—.

---

*사진. 빅 피처 <The Big Pictuer> 2020년 수상작.

4부

적滴
— 둘레춤 1

개미가 땅에 떨어진 빵 조각 하나를 발견한다
도무지 혼자서는 끌고 갈 수 없는 부피의 빵 덩어리,
혼자서 어쩔 줄을 모르던 개미는 급히 돌아와 두 개
의 더듬이와
몸짓으로 커다란 빵 덩어리의 존재를 알린다
잠시 후, 긴 개미의 행렬이 빵 덩어리로 이어진다
빵은 곧 잘게 분해되어 운반된다
개미의 집은 모처럼의 성찬으로 풍성해진다

벌도
마찬가지이다
꽃을 찾아 먼 공중을 비행하다가 뜻밖의 꽃나무를
만나면,
급히 돌아와 무슨 퍼포먼스 같은,
수화 같은 날갯짓으로
꽃나무가 있는 곳을 알린다 곧 수많은 꿀벌 떼가

꽃나무를 향해 무리를 지어 날아간다

언어는, 때로 이렇게 몸짓으로 춤으로 표현된다

오늘,
한 정치가가 TV 화면에서 무슨 말을 한다

차분한 표정과 단호한 결론에도 불구하고 아무도
쳐다보지 않는다

연설은 단지 장식일 뿐, 자신이 정치가라는 사실을
전하는 포즈일 뿐,

아무런 의미 없이 떨어지는 물 한 방울처럼 필요에
의해 소통되지 않는 언어는, 공허하다

자신이 예술가라는 사실을 알리려는 퍼포먼스처럼

자신이 무언극의 배우라는 사실을 말하려는 무언극
처럼

적滴
— 둘레춤 2

하늘에서 운석이 떨어졌다 사람들은 허공에서 떨어진 로또를 줍기 위해 몰려갔다 하늘에서 별이 떨어졌는데 왜 사람들은 왜 침을 흘릴까? 혹시 운석은 어떤 별이 지구를 향해 뱉은 침은 아닐까? 승자 독식의 지구를 향해, 눈을 흘긴 것은 아닐까? 그런 싱거운 잡념으로 여름 한낮의 평상에 누워 있는데, 앗, 따거!

벌이

벌을 주고 갔다

적滴

— 다시 쓰는, 「자라」를 읽기 위한 세 개의 에스키스

1

저기, 둥글고 납작한 시선이 바닥에 떨어져 있네. 바닥을 수평으로 만들어 주는 시선, 바다의 홍수에서 방주처럼 건져 줄 시선. 마치 세계의 무게를 겹겹이 껴입은 듯 척추가 무거운 갑피로 변한 등짝에 짓눌린 채 때로는 동굴의 벽화 같은 문양으로 얼룩지면서도, 그것이 슬픔의 무게가 아니라는 듯이 자는 것과 자라는 것을 무슨 자웅동체처럼 지니고 자라는 것과 자라라는 것 사이의, 그 동음이의어 속에서

2

저기 봐, 저기, 0이 하나 떨어져 있다. 마치 커다란 호수가 떨어트린 물방울처럼, 그 0이 숫자 1을 꺼내듯 몸속에서 물갈퀴가 달린 네 개의 발을 꺼내지 않았다면 파이프를 문 모자처럼 목을 내밀지 않았다면 아마 뒹굴어 다니는 돌처럼 보였을 것이다. 보잘것없는, 뭉툭한 돌멩이

대체 자는 것인지
자라는 것인지 모를, 자라는

3

자라는 참, 꼭 물의 눈 같다. 수면 아래 물의 눈꺼풀
속에 깊숙이 숨겨져 있다가 고요한 때면 드러나는, 저
물의 눈망울

저기, 자라가 물 위로 떠오른다. 저 물의 눈망울에 비
치는 것이 선한 구름, 바람 같은 얼굴들이었으면 좋겠다

적滴
— 새[*]

새를 안다고 생각 했다 깃털과 몸통으로 이루어진 새

깃털과 몸통으로 이루어져 두 팔이 날개가 된 새

두 팔이 날개가 되어 허공과 공기 밖에 움켜쥐지 못
하는 새

그 새를 안다고 생각했다 새의 몸통에 깃털로 꽂혔던
나는

새의 몸통에 깃털로 꽂혀 새와 한 몸이었다고 생각한
나는

오늘도 텅 빈 허공을 맴돈다 텅 빈 허공을 맴돌다가

바람과 대기에 떠밀려…… 새의 몸통에서 깃털 하나
가 빠졌을 때……

그 깃털이…… 바람보다 공기보다 가벼워져 허공을

떠다니게 되었을 때, 내가 새의 깃털이었다는 것
을……

새의 생애에서 빠져 버린…… 다시는 되돌아갈 수

---

*소설 『새를 아세요』에 부쳐.

없는

　새의 몸통에 꽂힐 수 없는…… 상처였다는 것을……

　이제 영영 새를 잃어버렸다는 것을…… 깨닫는 순간

　목덜미에 차갑게 물방울이 떨어진다 놀라, 소스라쳐

　뒤돌아보지만 깃털처럼 가벼워진 나는, 바람보다

　공기보다 가벼워진 나는, 허공과 공기의 부력으로 일
생을 살고 있는

　새를 알아보지 못한다 상실의 고통과 고뇌로 일생을
살고 있는

　새를 알아보지 못한다 허공을 움켜 안은 깃털이 된
두 팔이……

　두 손이…… 슬픔으로 만들어진…… 새를 알아보지
못한다

　새의 몸통 속에 곧 끊길 듯 할딱이고 있던 여린 체온만

　서늘한 기억이듯 등줄기를 흘러내릴 뿐

그렇게 지워진 기억은 다시는 되돌아가지 못한다는
것을……
한없이 가벼워진 무게로 공중을 떠다니다가

기억 저편으로 영영 사라져 버린다는 것을……

적滴
— 사양

사양飼養은, 벌에게 설탕을 먹여 꿀을 생산하는 일.

벌에게 설탕을 먹이다니! 벌도 설탕을 먹나? 싶지만, 이 인공의 기술이 만든 달콤함은 꽃의 꿀보다 더 진하고 강렬해서 벌들은 무아지경으로 달라붙는다. 달라붙어, 전신에 꽃가루를 잔뜩 묻힌 채 꽃의 꿀을 빨아들이듯 설탕의 달콤함을 탐닉한다. 꽃의 존재 따윈 잊어버렸다는 듯 온종일 설탕 주변을 붕붕거리며 맴돈다. 아무리 떠나도 제자리인, 환상방황環狀彷徨처럼 맴돈다

마치 벌의 마약과도 같은, 이 설탕의 달콤함—.

창세기의 무르익은 사과의 빛깔과도 닮은—, 이 달콤함의 유혹.

벌들은 그 달콤함으로 밀랍의 집을 채운다. 또 하루

의 일용할 양식을 저장한다. 새끼들에게 먹일 젖을 준비한다. 긴 하루의 노동의 피로를 풀어 줄 한 잔의 꿀차도 마련한다. 그런 벌집 안은 평화롭다. 비록 칸칸이 규격화된 벌집이지만, 빈민촌의 벌집 같은 작은 방들이지만, 벌들의 안식은 평화롭다. 마약 같은, 이 달콤한 설탕이 가져다준 저녁은 여유롭기까지 하다

그래, 맛도 빛깔도 냄새도 똑같은―, 이 설탕의 꿀

꽃에서 채취한 것과 도무지 분별이 되지 않는―, 그러나 자신의 소화 기관을 거쳐 나왔으므로 꿀일 수밖에 없는

벌 자신도 이것이 꿀인지 꿀의 짝퉁인지, 악화인지 양화인지 구별할 수가 없는―, 마치 거울에 비친 자신의 얼굴인 것처럼

명품을 흉내 내어 만든 복제품이 더 명품 같은—.

그 꿀이 만들어 준 안식에 벌의 집은 평화롭다. 전
신에 꽃가루를 잔뜩 묻힌 채, 꽃의 꿀이듯 채취해 온
이 설탕의 꿀을 하루의 품삯처럼 얻어 온 벌집 안은,
또 하루의 안식으로 저문다. 작은 방마다 저녁의 등
불이 켜진다. 마치 유전자의 냄비에 환경이라는 숟가
락이 들어와 마구 휘저어 놓은 듯한,* 이 인공의 꿀이
가져다주는 안식이 더 달콤해서

내일도 이렇게 풍요로운 하루를 얻을 수 있기를 꿈
꾸며—

꽃을 찾아 먼 곳까지 비행해야 하는 수고로움을 덜

---

* "우리는 어떻게 괴물이 되어가는가"에서 인용

수 있기를 꿈꾸며—

적滴
— 사양, 혹은 사양飼養

노을이다. 언제부터인가 저녁노을 앞에 서면
스테판 츠바이크의 말이 떠오르곤 한다. 언어를 창녀
처럼 다루면
그 언어는 언젠가는 가혹하게 복수를 한다는, 그 말
전신을 붉게 물들이며 아프게 젖어 오곤 한다
혹시 나도 설탕을 먹여 언어를 키워 온 것일까?
한때 나 또한 공기를 먹고 내장을 부풀린 적 있었다
바람 빠진 공처럼 텅 빈 몸이었을 때였다
그러나 지금 노을 앞에 서면 부끄럽다. 사양斜陽을 사
양飼養하지 못한
언어에게 모든 것을 주지 못한 생의 사양斜陽만이
또 저녁 하늘을 붉게 물들인다. 아무리 생활이 고달
프더라도
넋의 뼈를 잃지 말라는, 혼의 뼈를 잃지 말라는
그 의미 앞에 서면, 또 속절없이 앙상히 뼈만 남은
마른 갈대 하나로 흔들리는, 나를 본다

몸에 물기 하나 없이 마른 갈대 하나로 흔들리는 나
를 본다

그러면 이제 저 노을 속으로 걸어 들어가야 하는 걸까?

걸어 들어가, 마치 분신이듯 부끄러운 뼈 하나 남김없
이 불태워야 하는 걸까?

그래, 뼈만 남은 마지막 하나의 흔들림으로 불타오를
때, 저 사양斜陽은

사양飼養이 되어준다고, 벌판의 마른 갈대들은 속삭
인다

비선秘線의 음성처럼 속삭인다. 그렇게 내 생의 키친
캐비닛이 되어 주고 있는

이 저녁, 내 사양飼養인

사양斜陽—.

또 노을이다

자 받아라, 이것은 내 몸이니—, 부끄러운 뼈 하나
로 남은 생이니—

적滴

— 수련 앞에서

이봐, 친구—. 혹시 이것은 시가 되지 않을까?

한 지게꾼이 있었지. 그는 사흘 동안이나 공쳤어

그날도 아침부터 비가 내렸지. 갑작스런 폭우였어

그는 비를 피해 삼일로의 어느 상점의 처마 아래 서 있었지

그때, 급히 횡단보도를 건너려던 한 여자가 놓친 핸드백이

도로의 물살에 휩쓸려 하수구의 구멍 속으로 빨려 들어가 버렸어

여자는 그 속에 전세 보증금이 들었다며 발을 동동 굴렀지만

지나가는 발걸음들은 그냥 스쳐 지나갔지. 그곳은 청계천으로 이어진

하수구 속이어서 도저히 찾기가 불가능하다고 여기는 발걸음들이였지

그러나 그는 주저하지 않고 하수구와 연결된 보도 위

147

의 무거운

맨홀 뚜껑을 열고, 그 속으로 들어갔어. 지게는 길
가에 팽개쳐 두고―.

맨홀 속은 어두컴컴했지만, 무엇인가 썩어 가는 냄
새로 가득했지만

그는 망설임 없이 맨홀의 구멍 속으로 내려갔고, 한
동안 아무런 기척도 들려오지 않았어

복개된 청계천과 이어져 거대한 미로를 이루고 있
을, 하수구 속

그는 어디쯤 헤매고 있는 것일까? 세찬 물 흐름 속

핸드백을 찾을 수나 있는 것일까? 그때 문득 이런
생각이 떠올랐어

혹시 그는 사라져 버린 것이 아닐까? 맨홀의 어두
운 미로 속을 걸어

자신이 가고 싶은 곳으로 영영 사라져 버린 것은 아
닐까? 그러나 그때였어

모깃소리만 한 목소리가 맨홀 속에서 들려왔지. 찾았다!

그 소리는 점점 크고 더 뚜렷하게 들려왔어

찾았다! 그것은 기쁨에 찬 소리였어. 환희의 소리 같기도 했지.

잠시 후, 그는 맨홀의 구멍 속에서 전신이 오물투성이가 된 채

불쑥 몸을 솟구쳤지. 찾았다! 그 모습을 지켜보는 눈들은

마치 황무지에서 처음 꽃을 본 듯한 표정을 지었었지

어때, 친구―. 연못가에 우두커니 앉아 있지만 말고 술 한 잔 들어―.

혹시 이런 이야기는 시가 되지 않을까?

적滴

— 다시, 수련 앞에서

그런데 친구. 이런 이야기는 어떨까?

지리산에서였지. 그때 나는 겨울이면 폭설이 내리는

피아골 골짜기에 등산객을 위한 대피소를 짓기 위해

60kg이 넘는 모래자갈 짐을 지고 가파른 산길을

하루에도 몇 번씩 오르내릴 때였어. 그때 등에 진 짐이

너무 무거워 나무 그늘을 찾아들어 잠시 쉴 즈음이면

발아래 흩어져 있는, 이제는 녹이 슬어 엷게 삭아 가

고 있는

탄피들이 쉽게 눈에 띄곤 했었지. 아무런 의미 없이

서로의 가슴을 겨누었던 것들, 서로의 심장을 꿰뚫었

던 것들이

이제는 잠자리 날개처럼 엷어져서 흙에 덮여 나뭇잎

에 덮여

마치 순한 짐승처럼 눈을 감고 몸을 웅크리고 있었어

그래, 사상도 적의도 놓아 버리고 난 뒤의 고요……

바로 그거였어

낙엽이 떨어지고 또 눈이 내리면, 그렇게 시간이 흐
르면

흔적도 없이 지워질 그것을 위해 서로의 가슴을 꿰뚫
었던

시대의 야만……, 푸른 하늘빛이 늪이었던 세월을 죽
이기 위해

철없는 소년의 손에도 쥐어졌던……, 그 아픈 시간들
이 너무 아득해

눈을 들면 멀리 섬진강 물빛만 시리도록 비쳐 오곤
했었지

지금도 작은 산사태만 나도 인골이 드러난다는, 피아골

다시 등에 지게 짐을 얹고 쉬고 있던 나무 그늘을 빠
져나오면

험하고 가파른 골짜기가 그렇게 무거울 수 없었지

어때? 친구, 혹시 이런 이야기도 시가 되어 줄까?

이제는 잠자리 날개처럼 엷게 삭아 가고 있는, 그 모

멸의 시간들이—.

  오랜 세월이 흘러도 지워지지 않는 물방울처럼 떨어
지고 있는

  아직도 현재 진행형인 시간들이……

적滴
— 매향리[*]

참 어처구니가 없다. 매향리에 와서 본다. 공중에서
떨어진 쇠가 푸줏간의 고깃덩이처럼 걸려 있는 것을―.
오랜 산화인 듯 풍화인 듯 쇠가 쇠갈고리에 걸려 벌건
녹물을 흘리고 있는 것을―.

저것 봐! 어떤 쇳덩이는 쇠의 천사, 그로테스크한, 용
접된 쇠의 날개를 달고 하늘을 막 날아오르려 하고 있
고, 또 어떤 쇳덩이는 흙을 담은 작은 풀꽃을 피운 화
분이 되어 있다. 갯벌에서 막 기어 나온 망둥어 형상을
한 쇳덩이도 있다

이렇게 공중에서 떨어진 쇠를 풍자하고 있는 마을,
매향리―. 서해의 작은 갯촌, 리아스식 해안 따라 옹기
종기 생의 터를 일군 곳이어서 일부러 찾아가지 않고서
는 그런 마을이 있는지조차 몰랐던―, 서해의 작은 마

---

[*] 미군 전투기의 폭격 연습장이 있던 서해안의 작은 마을

을이 그렇게 쇠의 전시장, 도살된 쇠의 무덤이 되어 있다

희화화된, 쇠의 세계에서 하나밖에 없는, 살아 있는 쇠의 조각품들―,

그렇게 쇠의 조각품 전시장이 된 마을, 매향리―,

어떤 것은 밭에서 막 뽑아낸 길쭉한 무처럼 공터에 쌓여 있다. 또 어떤 것은 흙에서 방금 캐낸 고구마처럼 무더기로 쌓여 뒹구는 것들도 있다. 마을에서 알을 품은 닭들을 쫓아냈던 것, 놀란 소가 유산을 하고 염소 같은 가축들이 울 밖을 뛰쳐나가 바다로 투신하게 했던 것, 그렇게 공중에서 떨어진 쇠의 임부姙婦였던 마을, 매향리―.

갖가지 모양의, 기형畸形의, 쇠가 탄생한 마을―.

저기 봐, 허리 꺾인 농섬 쪽에서 오늘도 등 넓었던 갯벌이 불구가 되어 걸어온다. 쇠의 파편이 박힌 척추 무릎 관절 마디마디 삐걱이며 야윈 몰골의 갯벌이―, 한때 쇠의 무덤, 쇠의 식민지였던 마을에서, 서해의 바람도 의수족으로 걸어오는, 아직도 녹슨 쇳내가 매향梅香처럼 피어오르는

그 갯촌의 삶이 푸줏간의 고깃덩이처럼 걸려 있었던 마을에서―.

적滴
— 실버들은, 물가에 산다

실버들은 물가에 산다. 월요일의 너는 먼지처럼 가볍다.

햇볕이 투과된 먼지의 입자처럼 반짝이면서도 없는 것처럼 보인다.

화요일은 무無를 기록하는 타자기처럼 뛰어다니지만

작은 입김의 지시 사항에도 허리를 굽히는 준비 운동이 되어 있다.

자동판매기처럼 몸을 움직일 줄도 안다. 그것이 그늘을 만드는 너의 도구

아무도 너를 찾고 있지 않지만, 수요일에는 누가 자신을 찾고 있다고 믿는다.

때 지난 타자기로 이마 위로 흘러내린 머리카락의, 오랜 경륜이 묻어나는

주름살을 타이핑하지만, 깊은 수면 아래의 것들이 갑자기 물 밖으로 나오면

몸속의 부레가 아가미 밖으로 튀어나오는 무모를 걱정한다.

부동산 중개소의 창업이, 궤도를 이탈한 소행성의 돌출을 보는 견문도 지니고 있어

밤마다 별을 보며 천문天文의 별자리도 짚어 보지만, 너에게 불필요한

시간을 죽이는 도구로 인식된다. 누가 너를 찾을 것인가? 목요일에는?

물가에서 한가하게 낚싯대를 드리운 낚시꾼처럼 앉아, 그늘을 조립하는

아르바이트로 생의 남은 그림자를 떨어뜨리지만, 그 파한破閑이

구멍 속에서 빛나는 너의 눈이 된다. 너는 아직도 무언가를 책임지는 자세로

물가物價에 서 있다. 금요일에는 벌 받는 자세로 물가에 서 있다.

그 반가半跏의 사유가 물가에서 어떻게 물속으로 미끄러지지 않을 수 있는지를

일생 동안 숙지해 온 자의 땀 냄새가 묻어 있지만, 땀방울은

흘러내리는 침엽처럼 너의 서글픈 눈을 찌른다. 토요일에는

너는 마트에도 있고 주유소에도 있고 아파트 경비실에도 있다.

전자 부품 공장에도 있다. 폐지 리어카를 끌며 힘겹게 언덕길을 오르기도 한다.

실버들은, 그렇게 한 주일 동안을 노동老動의 물가에 산다.

결코 발톱이 되지 못하는, 주 단위의, 오랜 견문의 머리카락을

이마 위로 흘려 내리며, 일요일에도, 실버들은—.

적滴
— 물방울 같은 나라가 있다

물방울 같은 나라가 있다.

일 년에 단 하루만 나라였다가 없어지는 나라

4월 1일, 만우절이 건국일이어서 거짓말 같은 농담 같은 나라

2차 세계 대전의 폐허였던 공동묘지였던, 소련 치하에서 벗어난

혼돈의 시기, 사창가이며 노숙자 떠돌이 부랑자들이 모여 사는 이곳에

시인 화가 같은 가난한 예술가들이 찾아들면서, 일 년에 하루만이라도

이 빈민촌이 차별과 편견의 시선에서 벗어날 수 있도록, 4월 1일 만우절 날

어떤 괴짜들의 기발하고 엉뚱한 상상력이 만든 나라지만, 있을 건 다 있다

사법 제도도 있고 각 부처의 장관 대통령도 있다 경찰서 우체국도 있다

각 나라로 보내는 대사들과 하루만 쓸 수 있는 화폐
도 있다

　이 나라의 헌법 제1조는 "모든 사람은 빌네레 강변에
서 살 권리를 가지며

　빌네레강은 모든 사람들 곁에서 흐를 권리를 가진다"
이다

　지도상의 어느 위치에도 없지만, 있는 나라

　4월 1일, 이 나라에 입국하기 위해서 여권이 있어야
한다

　만약 여권이 없는 불법 입국자는 '한 걸음 뒤로' 추방
되었다가 풀려난다

　4월 1일, 이 날이면 마을 광장의 수돗물에서는 맥주
가 나온다

　거리에는 시와 그림과 음악이 방문객들을 맞이한다

　모든 사람은 행복하거나 행복하지 않을 권리를 가지
며 ―(헌법 제17조)

한껏 게으름을 피울 권리도 가진다 —(헌법 제9조)

또 모든 사람은 울 권리를 가지며 —(헌법 제33조)

개는 오로지 개가 될 권리를 가진다 —(헌법 제12조)

나를 나 자체로 있게 해 주는 나라, 우주 피스—, 강

건너 마을이라는 뜻

타인의 시선에서 지옥을 보지 않아도 되는,* 마을

리투아니아의 빌네레 강변에 있는, 마치 물방울처럼

단 하루만 세워졌다가 없어지는—, 정말 농담이듯

4월 1일 만우절 날, 단 하루만 반짝였다가

지도상에서 사라지는—

---

* 사르트르

적滴
— 천변

사월인데도 추워라 저기, 냉해 입어 가지에 말라 있
는 벚꽃 잎 같은 노구老軀가 있네 헌 박스며 고물 나부
랭이들이 쌓여 있는 조립식 창고 같은 누옥을 곁에 두
고, 천변 둑길 가에 마른 삭정이 꺾어 불 지피며 시커멓
게 그을린 냄비에 끼니를 끓이는 허리 굽은, 노구老軀가
있네

시커멓게 그을음이 낀 냄비처럼 자신의 일생도 닳아
갔는지, 마른 삭정이 꺾어 지핀 불 앞에 쪼그리고 앉은
누추도 검게 그을려

할머니, 자손이 없어요? 혼자 사세요? 하고 물어도
그냥 무덤덤하게 올려다보는 눈빛도, 얼어, 가지 끝에
매달린 벚꽃 잎 같아

그렇게 무표정한 치매의 시간만 고인 것 같아

하천 갈대밭을 허물며 오는 산 계곡의 바람이, 차가워

왜 아침 식사를 이제 끓여요?
요즘은 면사무소에서 도시락 안 가져다줘요? 하고
재차 물어도
여전히 무표정한,
그 독거의 눈빛만 떨어트려

아, 사월인데도 추워라

저기, 오늘도 냉해 입어 가지 끝에 말라 있는 벚꽃 잎
같은 누추가 있네

제발, 그 끈질긴 생의 마지막이 끓이는 무념만이라도
따뜻하기를

생의 천변에 고인, 지나간 시간의 한순간만이라도 아름답기를

적滴

— 떨켜에 대하여

저 잎 좀 봐! 꼭 분서焚書 같네
일생의 저작을 미련 없이 불태워 재로 돌려보내는
재로 돌려보내, 나무들의 서가에 신서新書로 가득 채
우는―.
살다 보면, 우리가 꼭 버려야 할 것을 버리지 못하고
있을 때
그 주저를 집착을 미련과 머뭇거림들을
스스로 매듭을 만들어 가뭇없이 떨어져 내리게 하는 것
그래, 살다 보면 떠나보낸다는 것은 언제나 가슴 아
픈 일이어서
생인손을 앓듯 가슴 저미는 일이어서
우리가 주저하고 머뭇거림에 지쳐 있을 때

저기 봐, 떠날 때 떠나지 못하고 남아 있는 것들이 바
람에 떨고 있다
메말라 바래지면서도, 가지에 매달려 넝마처럼 서걱

이고 있다

　그래, 떨어져 내려야 할 때 떨어져 내려 나무를 텅 비
우고 서 있게 하는 것

　그것이 숲의 도서관에서 우리가 읽어야 하는 것이어서
언제나 새로 쓰여지는 신서들의 주제여서

　그래, 저것 봐―, 스스로 지은 매듭으로 가지에서 떨
어져 내려
　가만히 흙으로 돌아가고 있는 것, 그렇게 자신을 지
우고 있는 것

　그래, 꼭 분서 같다. 한 생의 역작力作을 미련 없이 불
태워
　새로운 목록의 서가를 채우는―.

저 나뭇잎의 매듭들

떨켜들―.

적滴

— 다시, 떨켜에 대하여

겨울 숲에 들면 보이지.

발가벗고도 아무렇지도 않게 서 있는 나무들이—.

아무렇지도 않게 서 있어서 도리어 쳐다보는 눈을 어리둥절하게 하는, 눈 맞으며 비 맞으며 겨울 삭풍에도 실오라기 하나 걸치지 않고 서 있는 나무들을 보며 번번이 연민에 젖는 것은, 그래, 언제나 사람의 눈이어서, 바다 위를 아슬아슬하게 나는 나비를 보는 듯한 사람의 시선이어서, 도리어 내가 추워지는 것, 내가 추워져 허공으로 가지 뻗은 나무처럼 텅 빈 두 손을 내밀고 싶어져…… 아무리 손을 내밀어도 빈 손바닥뿐이겠지만 빈 손바닥뿐이므로 더욱 더 손을 내밀고 싶어져…… 그렇게 겨울의 숲에 비쳐 보이는 앙상한 내면만 도드라져 보여……

저것 봐, 저 자작나무는 맨몸으로 섰어도
제 생을 스스로 자작自作하고 있고 있다.

홀로 바람을 자작自酌하며 허공의 잎맥처럼 보이는 가
지로도 의연히 서 있다.

간혹 겨우살이가 막무가내 무허가로 세를 들어
집세 한 푼 안 내고 광합성의 푸른빛을 내밀고 있어도

모르는 척 무심한 얼굴을 하고 있다.

그렇게 나목이 되어서도 아무렇지도 않게 제 생을 경
작하는 것

그래, 겨울의 숲에 들면 보이지.
잎 다 떨구고도 무연히 서 있는 나무들이—

자신도 때가 되면 미련 없이 뿌리를 버리고 흙으로 돌아갈 줄 아는

적滴

— 헛꽃에 대하여

이뻐라, 저 헛꽃

헛꽃 그 자체로 가화假花만사성이네

꽃의, 또 하나의 수신제가 같네

수정의 매개체를 불러들이지 못하는 빈약한 꽃을 위해

꽃보다 더 꽃처럼 장식한, 저 산수국의 헛꽃—.

마치 공기처럼 가볍게 파동 치는 나비의 자태를 닮은

잎매를

가느다란 줄기 끝에 매달고, 수정의 매개체의 눈에

띄기 위한

저 자기 치장을 누군가는 유혹의 눈짓으로 비유했지만,

가난하고 빈약한 꽃을 위해 스스로 자기 몸에 새겨

넣은

산수국의 또 하나의 얼굴—,

마치 차갑게 결빙된 이 세계를 살아가기 위해

얼굴 뒤에 감추어 둔 또 하나의 얼굴 같네

그러나 수정의 매개체가 다녀가, 꽃이 씨를 잉태하면

스스로 잎을 뒤집어 낙하의 때를 기다리는
저 헛꽃—,
겨울인데도 꽃이 씨를 맺지 못하면
꽃 모양을 연명하느라 낙하의 때도 잊는
헛꽃도 있어

저 헛꽃의 자기 치장—,
오늘, 그냥 꽃이라고 부르면 안 될까?

잎꽃—, 꽃이 아니면 모두 헛꽃이라고 부르는 마음의
가난을 위한

잎의
꽃—.

그래, 헛꽃 그 자체로 하나의 꽃인,

꽃을 위한 잎의 수신修身 그대로 하나의 산수국인

저 헛꽃의, 비애스런 아름다움을 위하여

슬프면서도 담담한, 그 무심한 아름다움을 위하여

적滴
— 다시, 헛꽃에 대하여

 유난히 가뭄을 잘 타는 꽃이 있다. 산수국이다.
 헛꽃과 참꽃으로 이루어진 꽃, 가뭄이 들면 이 꽃은
 헛꽃부터 잎을 말린다. 꽃이라고 부를 수도 없는 보
잘것없는
 참꽃을 위해, 자신을 꽃보다 더 꽃처럼 장식하고
 수정의 매개체에게 손짓을 하던, 헛꽃부터 잎이 마르
기 시작한다.
 참꽃을 위한 헛꽃의, 자기희생—,
 어찌 보면 꼭 시인을 닮았다는 생각에
 조금은 우울해진다. 흔한 비유로 잠수함 속의 새처럼
 희박해진 산소를 비명으로 알리며 자신의 존재를 드
러내지만
 이렇게 세계의 아름다움을 장식하고 난 뒤, 자신의
초라한 실체만 남기는
 시인 같다는 생각에 조금 더 우울해진다. 그러고 보면
 참꽃은 사람이 많이 지나다닌 길처럼 여겨지고,

헛꽃은 전인미답의 길처럼 보이기도 한다.

그러면 나는 지금 어느 길에 발자국을 찍고 있을까?

헛꽃은, 언제나 이런 딜레마로 놓여 있다.

어느 길에 발자국을 놓느냐에 따라 생의 빛깔이 달라지듯

사는 일은 가끔 이렇게 굳은 얼굴로 마주치기도 한다.

그러나 헛꽃은, 아무도 가지 않은 길을 걸어가 자신의 길을 만든다.

그렇게 세계를 아름답게 꽃피우고 자신의 일을 다 했다는 듯

미련 없이 잎을 놓아 버리는, 저 헛꽃—.

아무도 그 비명을 듣지 못해도, 아무렇지도 않은 얼굴로 피어 있는

저 헛꽃의 자기 분신!

적滴
— 헛꽃 유감

　물방울을 물의 꽃이라고 생각하다가 혼자 쓸쓸히 웃는 날이 있다 또 마음이 헛꽃을 피우는구나! 싶은 날이다 수정의 매개체를 불러들이지 못하는, 빈약한 꽃을 위해 잎이 꽃 모양을 대신하는 헛꽃처럼 내가 물방울인데 물방울을 물의 꽃으로 상상하다니! 이 헛꽃의 자기치장이 부끄러워 오늘도 마당가에 옮겨 심은 산수국 앞에 선다

　수정의 매개체가 다녀가 꽃이 씨를 잉태하면
　스스로 잎을 뒤집어 낙화의 때를 기다리는, 저 헛꽃—.

　그러나 겨울인데도 꽃이 씨를 맺지 못하면 말라 가면서도 꽃 모양을 연명하느라 낙화의 때도 잊는 헛꽃도 있어, 그래, 마음의 허기를 달래지 못하면 영혼 또한 진정시킬 수 없는 것인지, 물방울을 그냥 물방울로 부르면 될 것을 자꾸만 물의 꽃으로 상상하다니! 물방울은

물방울로서 이미 하나의 존재인 것을─.

　그 '물방울꽃'에 다시 꽃을 치장하느라 골몰해 있는
내가 헛꽃이어서

　산수국이여! 그대 헛꽃 앞에 선 내 모습이 너무 초라해,
　뒤돌아서는 내 등 뒤에서 이제야 계절을 찾은 헛꽃이
지는 저녁이다

달
— 두곡 시첩

달이다. 슈퍼 문이란다. '세상에서 제일 큰 달'이라고 말하면 우스울까?

타원 궤도의 달이 지구에 가장 가까이 다가온 것이지만

내 눈에는 그냥 '세상에서 제일 큰 달'로 보인다.

만월이라는 우리네 말로 하면 묵은 장맛이 나겠지만

슈퍼 문이라고 하면 피자나 햄버거 냄새가 날까?

"달을 본 지도 참 오래 되었다" 이 구절이 언제나 마음속에

멍울처럼 박혀 있다. 달을 보면서도 달을 못 본 것은

내가 캄캄한 밤이었기 때문이지만, 내가 캄캄한 밤이었으므로

달이 내 등 뒤에 멍울처럼 박혀 있었다는 것은 미처 깨닫지 못했다.

또 그런 밤이면 나는 멍울을 꺼내 얼굴을 비춰 보는 날도 있었지만

어떤 무늬도 떠오르지 않았다. 무표정은 흐린 입김처럼 뿌옇게

거울에 서렸다. 표정 없는 달의 건널목지기 같은 얼굴

한 생을 관통해 온 오랜 공허의 건널목―.

그런데 이 밤, 지나가는 것은 달인데 왜 자꾸 커다랗게

얼굴이 떠오를까? 기억이, 월행月行 같아서일까?

달이 떠서 질 때까지의 족적足跡―,

그 사이, 저 둥그런 만월―. 멍울이지만 지워지지 않는 얼굴―.

어제, 유모차에 의지해 허리가 기역 자로 굽은 할머니가

혼자 산길을 타박타박 걷는 것을 보았다.

유모차에는 굽은 허리로 캔 봄 산나물이 소복 담겨 있었다

그리고 오늘 재래시장 장날, 산나물 한 움큼이 담긴

바구니를 앞에 놓고 장터 한 귀퉁이에 오두마니 앉아

있었다

달이다. 그래, 슈퍼 문이다. 세상에서 제일 큰 달—.

오동꽃, 오동나무

— 두곡 시첩

오동꽃을 보면서도 무슨 꽃인지도 모른 채 한 해를
보내고
　올봄, 길바닥에 뚝뚝 떨어져 있는 보랏빛 꽃을 보며
　이 꽃은 무슨 꽃일까? 궁금한 낯빛만 지었는데
　오늘, 오동나무 밑을 지나다가 낡은 보행기에 의지한 채
　굽은 허리 더 굳지 않게 아그작 아그작 걷는 연습을
하는
　할머니에게, 이 꽃나무가 무슨 나무인지 물으니
　무심한 눈길로 '이 나무는 오동나무여' 하신다. 예?
오동나무요?
　놀란 눈빛으로 반문을 하는 나를 보며 할머니는 다시
　'아 봉황이 날아와 산다는 오동나무도 몰러?' 하는
　웃음 섞인 핀잔을 던진다. 그 웃음이 너무 정겨워 보여
　그러면 이 나무도 할머니 시집올 때 심은 거예요? 하
고 농담을 건네자
　'그려, 이 시골구석으로 시집와서 첫 딸애 낳자마자

심은 거여!

  그러나 세월이 하 야속혀서 나무 베어 궤짝 하나 못 맹글고

  지나 나나 이렇게 늙어만 가고 있는 거여!' 하며 다시 활짝 웃는

  할머니의 눈매에도 오동꽃 빛이 물들어, 온통 보랏빛 으로 물든

  오동꽃을 닮아 보여, 할머니의 살아온 날들은 폐가처 럼 허물어져 보이지만

  그 폐가에서 숨 쉬고 있을 젊은 날의 시간은, 저렇게 높게 자란

  고목이 되어서도 흐드러지게 보라 보랏빛 꽃을 피우 는 오동나무처럼 보여

  굽은 뼈 더 굳지 않게 폐가가 다 된 집에서 아그작 아 그작 걸어 나와

  산모롱이 길 걷는 연습을 하는 할머니의 어깨며 무

룙에서도

　흐드러지게 피었다가 보랏빛 물든 꽃들을 뚝뚝 떨어
트리는

　그 지워지지 않는 시간의 발자국들이 보여—

'가시'의 시학

고봉준
문학평론가

1.

독일의 화가 파울 클레Paul Klee는 "보이지 않는 것을 보이게 하는 것"이 예술이라고 말했다. 클레가 '보이지 않는 것'이라고 말한 것은 '리듬'이나 '힘'처럼 재현할 수 없는 것이었다. 그에게 회화는 보이는 것(대상)을 재현하는 예술이 아니라 '힘'이나 '리듬'처럼 보이지 않는 것을 보이도록, 그리하여 느껴지도록 만드는 예술이었다. 그런데 클레의 이 주장을 존재론의 층위로 가져오면 시에 대한 김신용의 생각과 연결된다. 김신용에게 시는 '비가시성'에 맞서 무언가를 드러내는 일인 듯하다. 이때 '비가시성'이란 시각, 그러니까 생물학적인 문제가 아니라 사회적·정치적 문제이다. 그에게 시는 시각의 한계 때문에 볼 수 없는 것을 보게 만드는 것이 아니다. 그것은 볼 수 있음에도 불구하고 보지 않으려고 했던 것, 즉 우리 또는 이 세상이 외면해 온 것을 드러내는 것이다. 세상에는 다양한 이유로 보이지 않는 존재들, 그늘 안에서 살아가는 존재들이 있다. 시력과는 상관없이 우리는 그것들을 외면한 채 살고 있다. 이러한 '비가시성'은 철저하게 사회적이다.

인간에게는 '시각'이라는 생물학적인 능력이 존재한다. 하지만 우리가 그것을 모든 존재에게 평등하게 사용하는 것은 아니다. 인간은 귀가 있어도 소리를 듣지 않는 [또는 못 하는] 존재이고, 마찬가지로 눈이 있어도 대상을 보지 않는 [또는 못 하는] 존재이다. 이러한 맹목盲目은 일차적으로 생물학적인 한계의 결과일지도 모른다. 인간의 시선은 무대의 조명과 같아서 특정한 대상에 집중할 때는 나머지 대상들을 어둠 속에 내버려 두기 마련이다. 이것은 자연스러운 현상이다. 세상에 존재하는 모든 것을 비추는 조명은 없기 때문이다. 하지만 이 시선의 선택적 집중이 사회적·정치적으로 강제된 결과라면, 그리하여 특정한 조건의 대상만을 비추거나 어둠 속에 방치하는 방식으로 작동한다면 어떨까? "소비가 삶의 패턴을 결정하는 시대"(「한 잎」)를 산다는 것은 자본주의적 욕망을 내면화하고 살아간다는 것이다. 그리하여 자본주의적 주체/ 인간은 "물가에 풀어놓아도 도망가지" 않고 "집에서 기르는 오리나 닭처럼 먹이를 주는 사람 뒤만 졸졸 따"(「사육」)라다니는 가마우지처럼 '사육', 즉 길들여진 존재라고 말할 수 있다. 이러한 자본주의적 주체는 자신이 아니라 타자, 즉 자본의 시선으로 세상을 본다. 그 시선은 세상의 주변이나 낮은 곳에는 관심이 없다.

2.

자본주의는 '화폐'로 표상되지 않는 삶, '소비' 능력이 없는 삶, 성장을 지향하지 않는 삶을 무가치한 것으로 간주하며, 무가치한 것과 없는 것을 동일시한다. 이미―항상 현재보다 높은 곳, 즉 상품과 화폐가 인도하는 첨단의 세상을 지향하는 이 시선에 그늘 안의 삶은 무無이다. 세상에는 이러한 사회적 비가시성 안에 머물러 있는 삶이 존재한다. 지금까지 세상은 이러한 존재들을 사회의 '주변' 지역으로 추방함으로써 사람들이 볼 수 없도록 만들어 왔다. 주변 혹은 경계는 내부이면서 외부라고 말할 수 있고, 그곳에서 들려오는 배제된 자들의 목소리는 소리 없는 아우성처럼 들리지 않는다. 김신용의 시는 지금까지 자본의 욕망으로 인해 비가시성 안에 은폐된 삶, 존재 자체가 부정된 그늘 안의 삶을 가시화하는 데 집중해 왔다. 그것은 그늘 안의 삶에 존재론적인 정당성을 부여하는 작업이며, 동시에 자본주의적 욕망에 이끌려 살아가느라 우리가 애써 외면해 온 이 세계의 그늘이나 상처를 드러내는 작업이다. 이 과정을 통해 시인은 특정한 대상을 향한 우리의 시선이 또 다른 어떤 것을 어둠의 영역으로 추방함으로써 성립된다는 뼈아픈 진실을 일깨운다.

이번 시집의 1부에는 자연적 대상을 소재로 한 작품들이 집중적으로 배치되어 있다. "절벽 바위틈에 뿌리를 내린 나무"와 "그 나무의 가지에 뿌리를 내려 잎을 피우는 나무"(「거처 1」), "유백색의 피부를 가진 애벌레들"(「거처 2」)이 들어 있는 말벌집, 몸속의 생체 지도에 의지하여 3천 킬로미터를 날아오는 '제비'(「귀환 회로」), "생명 그 자체라는 듯 풀잎에 붙어 있"(「매미 허물」)는 '매미 허물', "끊임없는 자기 복제의 유전자"(「미나리」)를 지니고 있는 미나리와 "된 장찌개에 넣고 끓이면 구수한/ 저녁의 냄새"(「멸치의 시」)를 풍기는 '멸치', 이름과 달리 결코 "열등한 식물"(「열무」)이 아닌 '열무'와 "뿌리가 더 늙기 전에 꽃을 피우려는 모태의 강렬한 욕망 같은 것"(「열무꽃」)을 갖고 있는 '열무꽃', 여름 화단에 피어 있는 '칸나'(「칸나」)와 억척스럽게 뻗어 나가는 '수박'(「수박」)……. 김신용은 자연의 세계와 인간의 삶을 병치시킴으로써 두 세계 사이를 가로막고 있는 근대적인 분할을 넘어서고, 이러한 유비Analogy를 통해 삶에 대한 성찰의 시선을 확보한다. 「채집」에 등장하는 "벌들도 먹을 게 있어야 내년에 또 우리에게 꿀을 나눠 줄 거 아녀— 내 욕심 차리자고 꿀 다 들어내면 그게 도둑이지 산 마음이여?"(「채집」)라는 진술처럼 그의 시에서 자연은 숭배의 대상이 아니라 인간이 관계를 맺으면서 살아가야 할 삶의 일부이자 터전이다.

> 무릎 다 닳은, 목괴가 다 된 늙은 사과나무에 사과가 열렸다
> 오랜 풍상에 가지 삭아 내려앉고 뭉툭하게 변한 등걸에는
> 검버섯 같은 지의류들이 집을 지었는데, 그 등걸에
> 겨우 한 가닥 남은 가지에 사과가 열렸다 발갛게 익은 사과.
> 뭉툭한 목괴처럼 변한 등걸로도 바람과 햇빛을 호흡했는지
> 탐스럽게 익은 사과, 얼른 따서 한 입 베어 먹고 싶지만
> 다가가는 손을 주춤거리게 하는 머뭇대게 하는,
> 그냥 오래오래 공중의 가지에 매달아 두고 싶은—.
> 이제 무릎 다 닳아 늙어 고목이 된 나무의 한 가닥 남은 가지가
> 어떻게 저 빛깔 고운 사과를 익게 했을까?
> 눈길 거두지 못하게 하는—. 그러나 고목이 된 나무가
> 마지막 안간힘으로 매달아 놓은 것 같기도 해
> 안쓰러운 눈길로 쳐다보게도 하지만,
> 그래, 가만히 눈 감으면 보인다. 아직도 "걷고 있는 사람"처럼
> 목괴가 다 된 나무의 뭉툭하게 변한 등걸이
> 끈질기게 뻗고 있는 뿌리가—. 아직 살아
> 뜨겁게 땀 흘리며 야윈 두 다리 힘줄 버팅기고 있는 뿌리가—.
> 이제는 가지들도 삭아 내려 전신에 검버섯 같은 지의류에 덮

였어도

　일생의, 그 혼신의 힘으로 밀어 올린 사과 하나—.

　아직도 "걷고 있는 사람"의 눈빛 같은, 발갛게 익은 사과 하
나—.

—「목괴의 시」 전문

　김신용 시에 등장하는 자연적 대상에는 몇 가지 공통점
이 있다. 먼저 화려하지 않음, 그리하여 많은 사람의 시선
을 사로잡는 대상이 아니다. 그것들은 "지상의 방 한 칸"(
「거처 1」)이나 "작은 세계"(「열무」)라는 표현처럼 소박한 존
재, 즉 일상적이되 세상의 가장자리에 있는 존재들이다. 이
것은 시인이 생활과 노동의 감각을 통해 '자연'을 바라본다
는 의미이다. 요컨대 우리는 김신용이 주목하고 있는 시적
대상에 '자연'이라는 명칭을 부여하지만, 정작 시인에게 그
것들은 생활의 일부, 일상적 생활을 영위하는 과정에서 흔
하게 마주치는 대상들이다. 김신용의 시에서 시적 대상은
일상과 분리되어 존재하지 않는다. 또 하나 김신용의 시에
등장하는 '자연'은 사회적인 비가시성으로 인해 소외되어
있으나 이미—항상 강한 생명력을 지닌 존재이다. '겨우살
이'는 "타인의 세계에 제 몸을 심는 기생寄生"(「거처 1」)의 '
슬픔'을 간직한 채 살아가지만 "푸르게 빛날 때"가 있다. '

매미 허물'은 "텅 빈 껍질"만 남았으나 "하나의 생명체인 듯 완강하게 숲의 풀잎"(「매미 허물」)에 붙어 있고, '미나리'는 "꽝꽝 언 얼음장 밑"에서도 "끈질긴 뿌리"(「미나리」)를 복제하면서 살아간다. 또한 '수박'은 "새벽부터 해 질 녘까지 쉬임 없이 일"(「수박」)함으로써 자신의 살아 있음을 증명하고, '열무'는 작고 연약한 씨앗으로 태어나 "그것 하나로 뿌리 내려 작은 풀꽃 같은 꽃을 피우며 네가 선 땅을 밝힌다"(「열무」) 이처럼 시인은 일상 세계에서 마주치는 것들에서 가난의 슬픔과 위태로움을, 소외된 삶의 조건에도 불구하고 노동과 생명의 억척스러움에 기대어 살아가는 "삶의 얼굴"(「칸나」)을 찾아낸다. 그리고 "권선징악이 아니라, 서로 어울려 사는 이들의 숨결이듯—,"(「미나리」)이라는 진술처럼 그것들은 일정한 방식으로 관계를 맺고 살아간다.

「목괴의 시」에 등장하는 '늙은 사과나무'는 이런 특징을 모두 함축하고 있는 대상이다. '목괴'는 나무를 잘라 만든 건설 자재이다. 어떤 나무가 '목괴'가 된다는 것은 생명력을 잃어버림으로써 사물에 가까워졌다는 의미이다. 다 닳아 버린 무릎, 풍상에 삭아 내려앉은 가지, 지의류가 들러붙은 등걸……, 사람들의 시선이 닿지 않는 '늙은 사과나무'는 생의 마지막 순간에 도달한 노인처럼 위태로운 형상이다. 그런데 놀랍게도 그 고목의 "겨우 한 가닥 남은 가지"에 어느 날 "사과"가 열렸다. 늙은 사과나무에 '사과'가 열렸다는 것은 "뭉툭한 목괴처럼 변한 등걸로도 바람과 햇빛을 호흡"했다는 것, 시인은 '마지막 안간힘'을 다하여 열매를 맺었을 나무를 안쓰러운 눈길로 쳐다본다. 생명을 모두 소진한 것처럼 보이는 늙은 나무에 열린 사과는 놀라운 생명력을 상징하는 것이지만, 생의 마지막 순간까지 안간힘을 쓴 처연한 흔적이라고 말할 수도 있기 때문이다. 시인은 이러한 복합적인 감정을 느끼면서 조용히 눈을 감는다. 그리고 다음 순간 시인은 눈을 감은 상태에서 어떤 장면들을 본다. 그 장면 속에서 늙은 사과나무는 "걷고 있는 사람"의 형상이 되고, "뜨겁게 땀 흘리며 야윈 두 다리 힘줄 버팅기고 있는 뿌리"는 "일생의, 그 혼신의 힘"으로 사과 하나를 밀어 올리고 있다. 이처럼 이 시에서 두 가지 시선, 아니 두 개의 가시성이 등장한다. 하나는 눈을 뜨고 있을 때 볼 수 있는 장면이고, 다른 하나는 눈을 감음으로써 볼 수 있는 장면이다. 시인은 대상 앞에서 눈을 감음으로써 눈을 뜨고 있을 때는 보지 못했던/ 볼 수 없었던 것을 본다. 그에게 눈을 감는 행위, 즉 비가시성은 상징적 질서, 그러니까 현실 너머를 볼 수 있는 가능성을 의미한다. 오이디푸스의 맹목Blindness처럼 인간은 종종 눈을 감음으로써, 현실의 눈을 잃어버림으로써 눈을 뜨고 있을 때 보지 못한 것을 본다. 이 새로운 가시성을 무엇이라고 말하면 좋을까.

김신용에게 시는 대상 앞에서 눈(현실)을 감음으로써 눈을 뜨고 있을 때는 볼 수 없던 것을 보는 일인지도 모른다. 현실 앞에서 눈을 감는 시인의 행동은 현실의 이면, 그 너머를 투시하기 위한 것이다. 김신용에게 시는 눈을 감음으로써 볼 수 없었던 것을 보는 일, 그리하여 보이지 않던 것을 보이게 만드는 것이다. 이 새로운 가시성은 「오동꽃, 오동나무」에서도 확인된다. 이 시의 화자는 오동나무 밑을 지나다가 우연히 "낡은 보행기에 의지한 채/ 굽은 허리 더 굳지 않게 아그작 아그작 걷는 연습을 하는/ 할머니"(「오동꽃, 오동나무」)를 목격한다. 이 시에 등장하는 "폐가처럼 허물어져 보이"는 할머니는 「목괴의 시」에 등장하는 '늙은 사과나무'의 변주라고 말할 수 있다. 시인의 현실적 시선에 보이는 것은 "폐가처럼 허물어져 보이"는 할머니의 형상이다. 하지만 시인은 그 형상의 이면에서 "그 폐가에서 숨 쉬고 있는 젊은 날의 시간"과 "그 지워지지 않는 시간의 발자국들"을 읽는다. 화가 파울 클레에게 회화가 보이는 것의 재현이 아니었듯이, 김신용에게 시는 보이는 것 너머의 세계/ 시간을 발견하는 일인 것이다. "달을 보면서도 달을 본 것은/ 내가 캄캄한 밤이었기 때문이지만, 내가 캄캄한 밤이었으므로/ 달이 내 등 뒤에 멍울처럼 박혀 있었다는 것은 미처 깨닫지 못했다"(「달」)라는 진술은 우리의 시선에 존재하는 그 맹목의 지점을 지적한 것이라고 말할 수 있다.

3.

　김신용은 이미지의 변주를 중심으로 시적 상상을 전개한다. 그의 시에 유독 연작이 많은 이유는 이런 이미지의 변주 때문이다. 회화의 연작이 동일한 모티브를 유사한 구도와 다른 느낌으로 반복하는 방식이라면, 시의 연작은 모티브의 동일성보다 이미지의 변주를 통해 세계를 확장하는 방식이라고 말할 수 있다. 김신용의 시에서 이러한 이미지의 변주를 통한 연작은 『비는 사람의 몸속에도 내려』(걷는사람, 2019)에서 실험되었다. 거기에서 시도된 '적滴=물방울'을 통한 이미지의 사유는 이번 시집에서도 지속되는데, 시집 2부에 배치된 '거품'의 형상도 이러한 이미지 사유의 산물에 해당한다. 여기에서 '거품'은 시각적 이미지인 동시에 언어적 연쇄 작용의 산물이다. 시인은 '거품'을 "다면체의 복안複眼들"(「거품은 빛난다 2」)이나 "거품을 피어오르게 하는 살의 비누"(「거품은 빛난다 1」)라고 진술함으로써 독자가 '거품'을 시각적 형상으로 인식하도록 유도한다. 하지만 이 연작에서 '거품'은 "그렇게 안개의 숲에서 부풀어 오르는 집, 거품의 집들. 마치 튤립 버블처럼"(「거품은 빛난다 1」)이라는 표현에서 드러나듯이 '부동산 버블'과 '튤립 버블' 같은 자본주의적 경제 현상을 포함한다. '부동산 버블'은 한국 자본주의의 부정적 현실을, '튤립 버블'은 17세기 네덜란드에서 꽃 거래로 인해 발생한 금융 폭등 현상을 각각 가리킨다. 두 사례 모두 자본주의의 구조적 문제라는 점에서 이것은 자본이 지배하는 세계에 대한 비판으로 읽을 수 있는데, 시인은 직설적인 방식이 아니라 '거품'이라는 언어적 연쇄, 그리고 이미지를 시적으로 전유함으로써 자본주의에 대한 새로운 감각을 발명한다. 이 새로운 감각이란 "사람과 사람 사이는 그만큼 멀어지고, 타인은 철저히 타인이 된다"(「거품은 빛난다 1」), "그 다면체의 배후에 떠오르는 세계는, 텅 비어 있으므로 더욱 빛난다"(「거품은 빛난다 2」), "존재의 거품 현상"(「거품은 빛난다 3」) 등처럼 자본주의 세계의 허구성과 인간적인 관계의 해체이다.

　　어깨에 헌 포대를 걸친 사내가 걸어온다. 그는 쓰레기통 근처를 서성이며 빈 병이며 갖가지 고물들을 주워 헌 포대에 담는다. 아직 공사판 같은 데서 잡일이라도 할 수 있는 나이 같은데도 어디 병색이 있는지 야위고 지친 낯빛으로, 그 빈 병 따위가 담긴 헌 포대를 어깨에 걸치고 발밑만 내려다보며 걷는다. 누가 쳐다보건 말건 그 표정 그 시선으로 걷는다. 가만가만 발자국 소리도 내지 않는다. 마치 자신이 이곳에 없는 듯 자신은 모든 것의 바깥에 있는 듯 걷는다. 미명인 이른 새벽이면 어김없이 나타나는 사내, 그가 어디에서 기거하는지 딸린 식구들이 있는지 아무도 모른다. 그는 말없이 그저 묵묵히 제 발끝만 내려다보며 혹시 쓰레기통 곁에 빈 병이라도 있는지, 호구가 될 만한 것이 있는지 그것

만 쳐다보며 걷는다. 쳐다보는 시선들도 그의 바깥에 있는 듯 말
없는 눈길을 거두곤 한다. 그러나 그는 걸어온다. 이른 새벽이면
어김없이 걸어온다. 그가 누구인지 아무도 모른다. 그는 그렇게
모든 것의 바깥에 있는 듯 걸어온다. 자기 자신마저 자신의 바깥
에 있다는 듯 걸어온다. 그 침묵이, 힘없는 발걸음이, 등에 축 늘
어져 있는 헌 포대가 제 자신을 지워도, 그는 그저 묵묵히 모든 것
의 바깥에서 걸어와 모든 것의 바깥으로 지워진다.

—「암흑 물질 2」 전문

　　이 시의 표제인 '암흑 물질'은 "이 우주의 어디서나 존재
하며, 지금 바로 우리 곁에도 존재한다"(「암흑 물질 1」)라고
알려진 것이다. 천문학자들에 따르면 우주의 95%는 암흑
물질과 암흑 에너지가 차지하고 있다. 우리가 우주를 상상
할 때 떠올리는 별이나 행성 등은 우주 전체의 5%에 불과
하다. 그것은 빛과 반응하지 않기 때문에 '암흑'이고, 인류
가 그것에 대해 전혀 알지 못해서 '암흑'이다. 인류는 암흑
물질이 중력에 미치는 영향을 감지할 수는 있지만 그것을
볼 수는 없다. 시인은 암흑 물질에 대한 이러한 가설을 원
용하여 어떤 존재에 대해 이야기한다. 그 존재가 바로 "어
깨에 헌 포대를 걸친 사내"이다. 사내는 빈 병과 고물 따
위를 주워 포대에 담는다. 아직은 일을 할 수 있을 정도의
나이로 보이지만 "야위고 지친 낯빛"에서는 병색이 느껴

진다. 시인은 이 사내의 모습을 "마치 자신이 이곳에 없는 듯 자신은 모든 것의 바깥에 있는 듯 걷는다"라고 쓰고 있다. 여기에서 "이곳에 없는 듯"과 "자신은 모든 것의 바깥에 있는 듯"은 사내의 존재 방식을 표현한 것이라고 말할 수 있다. 그는 세상에 존재하지 않는 사람처럼, 혹은 세상의 바깥에 존재하는 사람처럼 행동한다. 존재론적 층위에서 세상에 존재하지 않는 것과 세상의 바깥에 존재하는 것은 별개이지만 특정한 조건에서 그것들은 사실상 같은 것이 된다. 그 조건이 바로 사회적 가시성이다.

세상에는 보이지 않는 존재들이 많이 있다. 노숙자, 빈민, 불법 체류자, 장애인, 가난한 사람들 등 우리가 약자 혹은 타자라고 부르는 존재가 바로 그들이다. 그들은 '암흑 물질'처럼 우리가 살고 있는 세계의 다수를 차지하고 있으면서도 뉴스나 미디어 같은 세상의 시선에는 포착되지 않는다. 자본주의 사회에서 그들은 개발/ 발전의 논리에 가로막혀 없는 사람들, 아니 없어져야 할 사람처럼 여겨진다. 시인은 "그가 누구인지 아무도 모른다."라는 진술을 통해 우리가, 우리 사회가 그들을 어떻게 대하고 있는가를 비판한다. "그는 그저 묵묵히 모든 것의 바깥에서 걸어와 모든 것의 바깥으로 지워진다."라는 진술처럼 자본주의적 욕망이 지배하는 세계에서 이들은 존재 자체가 부정되는 가운데 살고 있다. 김신용은 시를 통해 이들을, 이들의 존재를 지금—이곳으로 호출한다. 아니, 처음부터 그들이 이 세상에 우리와 함께 살고 있었음을, 다만 어떠한 욕망의 시선으로 인해 우리가 그들을 부재하는 것으로 간주하며 살아왔음을 보여 준다. 김신용의 시는 이처럼 '부재'로 간주되는 존재를 가시성의 세계로 데려온다.

저 폐가—, 꼭 빈곤 포르노 같다

우두커니 억새풀에 뒤덮여 있다. 깨진 우리의 창문에는 햇살의 누런 눈곱이 끼어 있다. 온갖 쓰레기의 불법 투기장이 된 집, 자신의 궁핍을 드러내기 위한 연출 같다. 사람이 살던 집이 어쩌면 저렇게 퇴락할 수 있을까? 하는 의문을 증폭시키기 위한, 연기 같다. 시간의 자연적인 흐름 속에 놓아 둔 것 같은 작위성—, 차가운 관객들의 시선을 붙잡아 두기 위한 잘 계산된 전략 같다. 석면으로 만든 슬레이트 지붕도 내려앉아 발암 물질의 온상지처럼 변해 있는, 사람 떠난 빈집이 어떻게 피폐해지는지에 대한 리포트 같기도 하지만, 모든 욕망을 거세해 버린 욕망이 몸 웅크리고 노숙을 하고 있는, 이제 세계에 대한 한 가닥 기대도 삭아 내려 한쪽 어깨부터 기우뚱 무너져 내리는, 척추 측만증을 앓고 있는 마을—.

그 불구를, 최대한 클로즈업시켜 불치를 과장하고 있는 듯도 하다

그러나 이것은 빈곤 포르노가 아니라

지금도 여전히 존재하는 현실이라는 듯한, 슬픈 얼굴 같기
도 하다

누가 살다 허물처럼 벗어 두고 간, 저 빈집들―.

잡풀 우거진 마당에는 이 시골 마을을 벗어나기 위해 땀 흘려
일하던, 생의 족적들이 뒹굴고 있다

그렇게 시장 경제 법칙에 가장 잘 어울리는 낯빛을 한, 마을
의 공동화空洞化―.

온갖 오물들의 불법 투기로, 마치 공포 영화의 촬영지처럼 변
해 가는 폐가들―

누군가가 미련 없이 벗어 두고 간 허물처럼
허공에 우두커니 걸려 있다

그래, 이제 누가 연출하지 않아도 꼭 빈곤 포르노 같다
　　　　　　　　―「진흙쿠키를 굽는 시간 7」 전문

그렇다면 가난한 삶을 가시적인 것으로 만드는 행위는 모두 정당한 것일까? 때로는 그러한 행위가 그들에 대한 또 다른 폭력은 아닐까? 시인은 이런 근본적 물음을 '진흙쿠키를 굽는 시간' 연작의 곳곳에서 던지고 있다. '진흙쿠키'는 2010년 대지진이 아이티를 강타해 수천 명이 사망하는 재난을 계기로 세상에 알려졌다. 이 지진으로 인해 카리브해의 최빈국인 아이티는 경제가 마비되고, 수백만 명의 이재민이 굶주림에 시달려야 했다. 당시 먹을 것이 부족한 아이티 아이들이 진흙을 말려서 먹는 장면이 영상을 통해 알려지면서 '진흙쿠키Mud cookie'라는 명칭이 생기게 되었다. 시인은 『바자울에 기대다』(천년의시작, 2011)에 수록한 「진흙쿠키」에서 이미 이 사건을 시로 쓴 적이 있다. 이 시는 "한 아프리카 여자가 진흙을 반죽해 진흙쿠키를 굽고 있"(「진흙쿠키」)는 장면으로 시작된다. 그리고 10년도 더 지난 지금, '진흙쿠키'는 이미지의 변주를 통해 「진흙쿠키를 굽는 시간」 연작으로 다시 현실화했다. 그런데 이 연작에 등장하는 '진흙쿠키'는 단순한 자연 재난의 표상이 아니다. 그것은 "가령 어떤 권력자가 자신의 생애는 가난한 사람들을 위해 이루어진다고 말할 때/ 그의 뒷손은, ― 일가―家의 부를 위해 열심히 물속을 헤엄치는 물갈퀴를 만든다/ 마치 자신이 존재해야 모든 가난한 사람들이 존재하는 듯"(「진흙쿠키를 굽는 시간 2」)이라는 구절처럼 권력의 추악한 이중성이나 "현대라는 피도 눈물도 없는 세계"(「진흙 쿠키를 굽는 시간 8」)처럼 현대 세계의 불모성을 나타내는 기호로 쓰인다. 김신용의 시에서 이 불모성의 기호는 자본주의 세계에서 힘들고 위태롭게 살아가는 존재와 연결된다.

「진흙쿠키를 굽는 시간 7」에서 가난한 삶은 하나의 풍경으로 제시된다. 1행에 등장하는 '폐가'가 그것이다. 이 시의 시적 대상은 '폐가'가 있는 풍경이다. 그 풍경을 가리켜 '빈곤 포르노'나 "그 불구를, 최대한 클로즈업시켜 불치를 과장하고 있는 듯도 하다"라고 진술하는 것으로 보아 '마을의 공동화空洞化' 현상을 다룬 영상을 보고 있는지도 모른다. 이 시에서 '폐가'로 표상되는 가난의 풍경은 시인에게 충격적인 이미지로 경험된다. 억새풀, 깨진 유리, 온갖 쓰레기, 내려앉은 슬레이트 지붕 등으로 이어지는 '폐가'의 풍경은 '빈곤 포르노'가 아닌지 의심할 정도로 충격적이다. 알다시피 '빈곤 포르노'란 가난을 알리거나 고발하기 위한 것이 아니라 자극적인 연출을 통해 빈곤을 대상화한 일종의 폭력이다. 시인은 '폐가'의 풍경을 바라보면서 '연출', '연기', '작위성', '계산' 같은 단어를 반복적으로 떠올린다. 지나치게 사실적인 풍경은 종종 비현실적으로 느껴지기 때문이다.

이 풍경을 바라보면서 시인은 그 시선이 '포르노', 즉 인위적으로 연출된 것이 아닌지 묻는다. 사실 자본주의에서 가난은 종종 상품이 되기도 하기 때문이다. "산1번지 달동네가 관광지가 되고, 역 앞 빈민굴 쪽방이 일일 체험 숙박 시설이 되고/ 지난날의 청계천 움막 판잣집이 서울 관광의 필수 코스가 되는 것"(「진흙쿠키를 굽는 시간 9」)이 대표적이다. 시인은 이러한 현실을 "빈곤 비즈니스"라고 말하거니와 이 메커니즘 속에서 '가난'은 "지금 그곳에 살고 있는 사람들에게는 치욕스런 현실"이지만 "다른 사람에게는 눈요깃감의 관광"(「진흙쿠키를 굽는 시간 9」)이 되기도 한다. 나아가 그는 '가난'에 대한 자신의 시가 이러한 폭력적 시선과 공모 관계에 있는 것은 아닌지 되묻는다. "그러면 지금 나 또한 그렇게 시를 쓰고 있는 것은 아닐까?"(「진흙쿠키를 굽는 시간 9」)나 "나는 왜 그 시를 버렸을까?"(「진흙쿠키를 굽는 시간 11」) 같은 물음이 그것이다. 이러한 물음을 관통한 다음에야 시인은 이 풍경이 연출된 것이 아님을 깨닫고 그것에서 "모든 욕망을 거세해 버린 욕망이 몸 웅크리고 노숙을 하고 있는" 같은 가난한 삶의 모습을 찾아낸다. 시인에게 공동화된 마을의 '폐가'는 "시장 경제 법칙에 가장 잘 어울리는 낯빛"으로 다가오는데, 그것은 자본의 가치 법칙, 즉 자본주의 사회에서 교환 가치를 잃어버린 모든 존재가 피할 수 없는 운명이기 때문이다.

4.

가시可視가, 가시 같은 날이 있다. 참 낯선 풍경을 보는 날이다. 낯선 풍경이라지만 살다 보니 이런 날도 있구나! 싶은 날이다. 서울역 광장 한편에 작은 제단이 차려지고 향이 피어오른다. 역 지하도에서 광장의 구석진 곳에서 이름 없이 죽어 간 노숙의 넋들을 위한 위령제다. 눈에 보이는 것이 가시 같다. 가시可視가, 가시 같다.

눈을 감아도 보이는 것들ㅡ, 살아서 이미 죽은 사람들ㅡ, 얼굴이 없는 얼굴들ㅡ, 눈앞에 마치 얼룩처럼 떠오른다. 눈에 박힌 비문飛蚊처럼 떠오른다.

저것도 빈곤 포르노 같다고 해야 하나? 자신의 불행을 과장하지 않으면 눈에 띄지도 않던 사람들ㅡ, 흑백으로 남겨진 초라한 몇몇 영정 사진도 보인다. 눈앞이 흐릿해진다. 위태로운 벼랑에서의 삶들ㅡ, 그 비박飛泊의 생들ㅡ.

오늘, 흑백의 저녁 어스름 속에서 이제 죽어서 제 그림자를 새처럼 날려 보내고 있다. 지하도에서 역 광장 구석진 곳에서 빈손을 내밀 때마다 새를 날려 보내던 사람들ㅡ, 그러나 한 마리 새도 돌아오지 않는다는 것을 알기 때문에 끊임없이, 더욱 악착같이 새를 날려 보내던 사람들ㅡ. 이제는 죽어서 다시 제 그림자를 새처럼 날려 보내고 있다

그래, 가시可視가 가시 같다. 아직도 날아오지 않는 새를 기다리는 눈이, 가시 같다. 하루하루가 검은 포르노그래피 같았던

그 벌거벗은 시간들이, 가시 같다
　　　　　　　　　　　　　　—「진흙쿠키를 굽는 시간 13」 전문

　김신용의 이번 시집에는 '가시'라는 기호가 자주 등장한다. 『비는 사람의 몸속에도 내려』(걷는사람, 2019)가 '물방울(滴)'의 세계라면, 이번 시집은 '가시'의 세계라고 말할 수 있을 듯하다. 물론 몇 편의 「적滴」 연작, "추락이 도리어 비상飛翔이 되는,/ 저 물의 흐름—."(「폭포 2」)처럼 떨어지는 '물'의 이미지를 변주한 「폭포」 연작, 그리고 '물(방울)'의 이미지를 활용하고 있는 「물방울 같은 나라가 있다」 등은 '물방울[滴]'의 세계에 속하는 작품이다. 하지만 '가시'라는 기호가 등장하는 작품들은 그것들과 다른 계열을 형성한다. 김신용의 시에서 '가시'는 사물이나 시각적인 이미지로 환원되지 않는다. 그것은 '거품'이 시각적인 이미지로 환원되지 않는 것과 마찬가지이다. '가시'라는 기호/ 이미지는 어떻게 확장·변주되는가. 인용 시에서 시인은 '가시'를 '가시可視'와 '가시Prickle'로 이중화한다. "가시可視가, 가시 같은 날이 있다."라는 진술이 그것이다. 이것은 말놀이

Pun가 아니다. 가시可視, 즉 어떤 풍경은 차마 눈 뜨고 보기 어려울 정도로 고통스럽게 다가오기 때문이다. 이 시에서는 서울역 "광장의 구석진 곳에서 이름 없이 죽어 간 노숙의 넋들을 위한 위령제"가 열리는 장면이 그것이다. 롤랑바르트는 사진에 존재하는 이런 이미지를 푼크툼Punctum이라고 명명했다. 라틴어로 푼크툼은 뾰족한 도구에 의한 상처, 찌름, 상흔 등을 의미하는데, 이처럼 풍경이 그것을 보는 사람을 찌를 때 '가시可視=가시Pickle'라는 등식은 성립된다. 이 등식은 언어적 동일성에서 시작되지만 '언어'의 문제로 귀결되지 않는다. 이 등식에 기대어 시인은 그들, 즉 사회적으로 배제된 채 가난하고 고통스럽게 살아가는 사람들이 "살아서 이미 죽은 사람들"이고 "얼굴이 없는 얼굴들"이라는 것을, 하지만 또한 그들이 "눈을 감아도 보이는 것들"이며 자신이 눈을 감을 때마다 "눈앞에 마치 얼룩처럼 떠오른다"라는 사실을 끄집어낸다. 시인에게 이 삶은 "위태로운 벼랑에서의 삶들―, 그 비박飛拍의 생들―."이다. 하지만 김신용의 시에서 이 위태로운 삶은 무능력한 상태에 그치지 않는다. 김신용에게 시는 보이지 않는 것을 보이게 만드는 것, 눈을 감음으로써 보이는 것 너머의 세계를 보는 행위였다는 사실을 기억하자. "벌거벗은 시간들" 너머의 세계에는 무엇이 있을까?

　시인은 「못과 가시」에서 "못은 가시―, 가시가 아니라 가시可視—."라는 또 다른 등식을 제안한다. '가시可視=가시 Prickle'라는 등식의 근거가 푼크툼이라면, '못=가시可視'라 는 등식은 무엇일까? 그것은 "보이지 않는 세계의 이면에 까지 가닿기 위해, 지금 서 있는 곳에 정확히 머무는 것"(「못과 가시」)이다. 알다시피 '못'은 '고정固定'의 이미지이다. 하지만 시인에게 '못'은 '너머'의 세계에 도달하기 위해 멈춰 선 형상으로 인식된다. 시인은 「못과 가시」에서 '새'와의 비교를 통해 풀어 나간다. '새'는 '날개'가 있으므로 "자신이 앉고 싶은 가지"에 옮겨 앉을 수 있다. 이때 '날개'는 잠재성(또는 가능성)의 상징이다. 반면 "날개가 없는 것은 언제나 자신의 삶의 영역인, 지상에 직립"하여 살아갈 수밖에 없다. 하지만 시인은 '못'의 능력에 근거하여 그것을 '고정'된 상태로 이해하는 상식적인 해석에서 벗어난다. '못'은 "현실의 정곡에 꽂혀 보이지 않는 세계의 이면"을 조립한다는 상상이 그것이다. 또한 '못'은 "그 아픈 시간들이 지금은 눈의 비문飛蚊처럼 돋아 있어도, 못의 구멍 속에도 꽃이 피고 구름이 흐르고 밥 짓는 연기가 피어오르는 듯 못은, 바람에 덜컹일 때마다 빠져나오지 않으려고 혼신으로, 구멍 속을 움켜쥐고 있는 것 같다"(「못」)라는 진술처럼 고통스러운 현실에도 불구하고 존재 자체를 포기하지 않으려는 끊질긴 생명력의 기호이다. 이때 가시可視의 시간성은 미래를 향해 열려 있다. 그것은 '보이는 것'이 아니라

'볼 수 있는 것'을 의미한다.

한편 「잎과 가시」에서 '가시Prickle'는 "슬픔의 의지"로 해석된다. "그래, 오늘의 선인장은/ 가시가 슬픔의 의지라는 것도 이미 알고 있는 눈빛!"(「잎과 가시」)이라는 구절이 그것이다. 「못과 가시」가 현실('벽') 너머의 세계를 향해 꽂히는 '못'의 성질을 가능태로서의 시각, 즉 가시可視의 문제로 인식했다면, 「잎과 가시」는 "넓은 잎이 가시로 변한 것"이라는 선인장의 생물학적 특성을 원용함으로써 "끝이 날카로운 가시"에서 "슬픔의 의지"라는 새로운 의미를 이끌어 낸다. 시인은 선인장의 '가시'가 "삶의 전략이자 생존 방법"이라는 사실에 주목한다. "뾰족하게 찌르거나 뒷걸음질 치게 하는 것"인 '가시'는 외부의 공격으로부터 자신을 보호하는 방어 전략이다. 또한 그것은 "수분을 뺏어 가는 메마른 사막의 열기"라는 현실적 조건에서 생존하기 위해 선택한 진화의 산물이기도 하다. 하지만 '선인장'이라는 대상에서 시인이 보는 것은 뾰족한 가시로 뒤덮인 겉모습이 아니라 "몸속에 차오르는 새로운 생의 의지"를 연상시키는 내부이다. 이 새로운 해석 속에서 '선인장'의 가시는 "슬픔의 의지"로 재해석된다. 그것은 외부의 열악한 현실에 둘러싸여 있는 운명이라는 점에서 '슬픔'의 존재이지만, 자신의 "몸속에 차오르는 새로운 생의 의지"를 품고 있다는 점에서 '의지'의 존재이다. 이처럼 시인은 고통스러운 현실에서 힘겹게 살아가는 존재들에게서 궁핍함 이상의 의미를 찾아내고자 한다. 이런 점에서 시집의 마지막 페이지에 등장하는 진술은 시인이 이 가난한 존재들에게 바치는 연대의 헌사일 것이다. "제발, 그 끈질긴 생의 마지막이 끓이는 무념만이라도 따뜻하기를/ 생의 천변에 고인, 지나간 시간의 한순간만이라도 아름답기를"(「천변」)

진흙쿠키를 굽는 시간

초판 1쇄 발행 2023년 12월 27일

지은이 김신용
펴낸이 이계섭
책임편집 박찬세

펴낸곳 (주)백조
주소 경기도 화성시 남여울3길 19 201호
출판등록 2020년 8월 14일
전화 031—8015—0705
팩스 031—8015—0704
E—mail baekjo1120@naver.com

값 12,000원 ISBN 979—11—91948—16—5(04810)